金子兜太

語る 俳句 短歌

佐佐木幸綱

黒田杏子編

藤原書店

節目の年に——はじめに

金子兜太

幸綱氏とは戦後の若いときから妙に気が合っていて、対談や座談会をいくどかやっている。今更改めての気持だったのだが、この対談を勧めてくれた黒田杏子さんは言う。幸綱さんはいま七十歳、早稲田大学教授を終えたばかりでもあるから、来し方行く末を睨んでの積る話があるはず。兜太さんはいま九十歳。これも節目。丁度区切のよい歳に当って、お互いに話したいことがあるに違いありません。健康法でもなんでも、日常の心構えのようなことを話し合うだけでも興味をもつ人が多いはずですよ。

加えて、藤原書店店主藤原良雄氏は、小生の郷里秩父（埼玉県西部の山地）が生んだ西洋史学の碩学井上幸治氏に私淑してきた。その井上氏は、明治十七（一八八四）年の秩父事件についてもよく調べておられて著書も多く、事件研究者の中心でもあった。小生も同郷の事件として関心を募らせてきて、井上氏からたくさんの御教示をいただいてきた。敬愛する同郷の先輩なのだ。

藤原氏は、その井上幸治氏の郷里秩父で対談をやってくれと言う。小生の乗り気は高まるばかりとなったのも止むを得ない。

金子兜太

語る 俳句 短歌

目次

佐佐木幸綱

Ⅱ　アニミズムと人間　101

第二日——二〇〇九年九月三十日

Ⅲ　俳句の底力　短歌の底力

167

＊頁両わきの俳句・短歌は、それぞれ金子兜太・佐佐木幸綱自選による百句・百首である
＊12、51、102、131、168、217頁の色紙は、それぞれ金子兜太・佐佐木幸綱自身による染筆である

金子兜太

語る　俳句　短歌

佐佐木幸綱

I　俳句　短歌の魅力

第一日——二〇〇九年九月二十九日

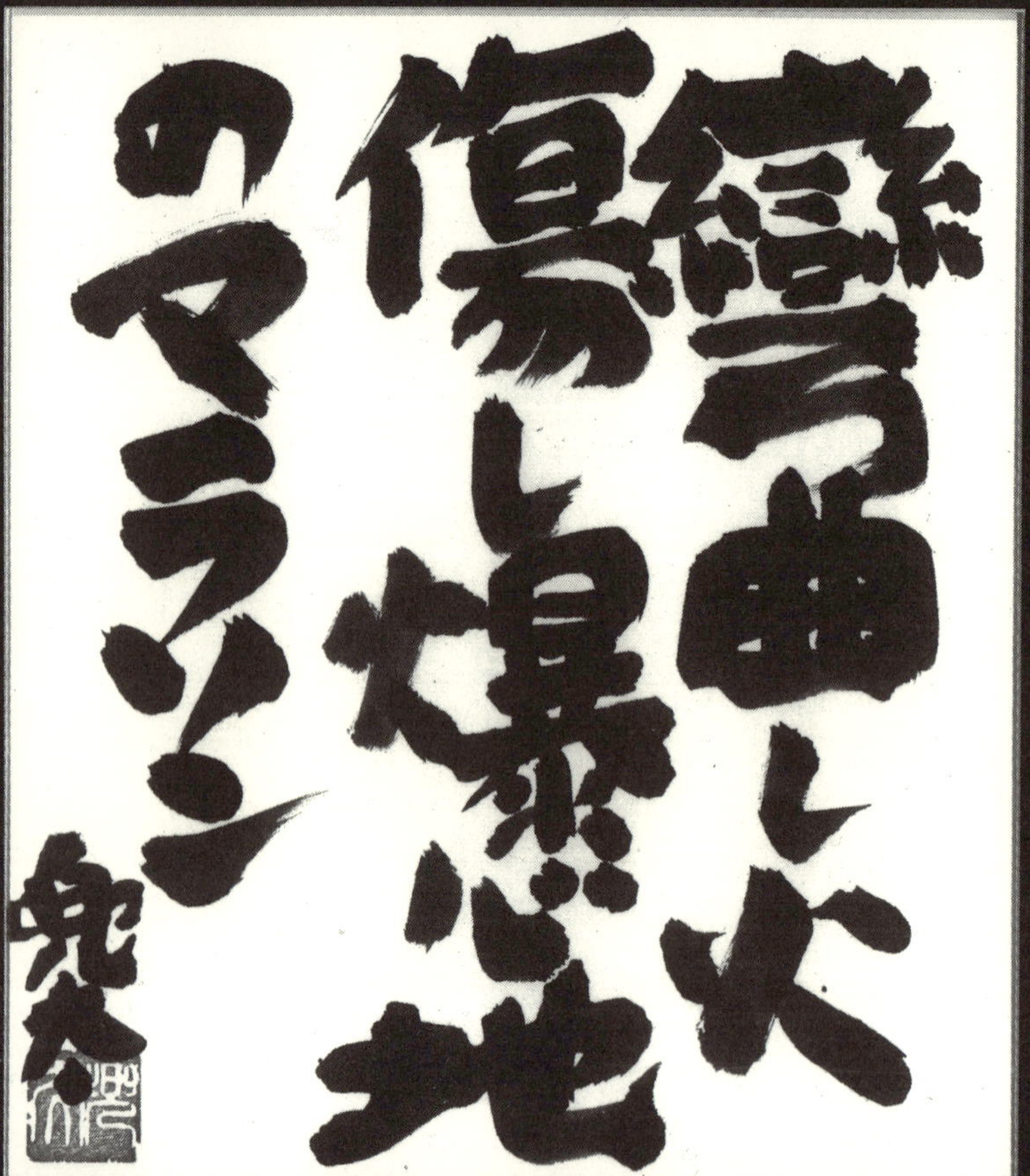

彎曲し火傷し爆
心地のマラソン
兜太

はじめに

藤原良雄　本日は金子先生お奨めの秩父《ちちぶ》の長瀞《ながとろ》、その長生館という素晴らしいお宿でこういう場を持てたことをうれしく思います。お忙しいなかをありがとうございます。

私自身は俳句も短歌もやらない、いや、やれないわけでして。全くの門外漢でありますので、今日、明日の二日間、お二人の先生のお話をじっくり聴かせていただき、勉強させていただきたいと思っております。

ここまでの車中も含め、私なりに短歌と俳句というものはどういうものかを考えながら来たわけです。俳句と短歌はどちらも、短詩型と言われます。人間が言葉を使って表現するかたちは違っても、どちらも、その人はどのように生きてきたのか、思想の表現ということで、その意味では共通するものがあるのだろうと思います。

金子兜太先生も佐佐木幸綱先生もめったに生まれてこられるような方ではありません。現在を代表するお二人が、今日こういう場所で出会われた。今日、明日、兜太先生の思想、幸綱先生の思想、そのぶつかり合いを間近で堪能させていただきたいと思います。

そして、黒田杏子さんがいらっしゃらなければ恐らくこういう場は設定できなかったと思います。この対談をコーディネートして下さった黒田さんのお力で初めて成り立ったものです。感謝したいと思っています。では、黒田さん、よろしくお願いします。

■一一〇年続く歌の家に生まれた佐佐木幸綱

黒田（司会）　今日ここに来る前に、ある人から「金子さんと佐佐木さんの対談に行くんですか。羨ましい」と言われたのですが、皆さん本当にそう思っておられると思うのです。お二方は昔からのお知り合いで対談や座談会も何度かなさっていますが、九十歳と七十歳という大きな節目に立たれたお二人に、心ゆくまで語り合っていただきたい。俳句や短歌は「国民文芸」でもあると私は思うのですが、この短詩型の世界に日本人がどのくらい楽しませてもらい、生きてゆく力を与えられているか、もちろん苦しんでいる人もいるのですが、そういうことなどを含めて、この本を読む人がみんな元気になって、若々しくなって、ゆったりと人生を堪能できる力を得られるような本にしていただけるといいなと思っております。

最初に、金子さんが「幸綱さんのことはよく知っているけれど、幸綱さんの家の一一〇年も続いている系譜についてあらためて、まず聞きたい。それに対して秩父という山国で育ち、現在いる自分というものも語りたい」とおっしゃっていますので、まず、金子さんから質問していただけますか。

金子　ええ。そうなんです。佐佐木幸綱の歌人としての歩みは、歌壇、歌の世界の中のいわば極北と私は思っているのです。きちんとした歌の家柄があって、恵まれた肉親がいて、その中から幸綱という人が生まれてきた。しかし、その幸綱という歌人が本格的に生まれたのは、どうやらお父さんの治綱《はるつな》（一九〇九〜五九）氏が不慮の事故で亡くなった、そのことがきっかけのようだ。もし、お父さんがお元気だったらもっと後《おく》れて出発するようなことになったと思います。そういう不慮の事故を私が喜ぶわけではないですけれど、それがあって、ちょうどいい時点で幸綱という人が歌の世界に入ってきた。

こういう絵に描いたような典型的な歌の家に生まれた歌人は佐佐木幸綱という人を除いては見られない。今までもそんな歌の世界の人はいなかったのではないかと思うくらいです。そういう、歌壇の極北に立つような家柄を背負った、しかも現代短歌を現在背負っている歌人の話を聞きたい。来し方、行く末を聞きたい。行く末まで聞いちゃったらアレですが（笑）、そういう状態でいる方の現在を聞きたいということです。

それから、口はばったいことを申しますと、そういうことで私らがここで対談できるのは非常にいいかたちだと思うのです。私は、自慢でも何でもないですけれど、本当の普通の一庶民が俳句に入っていって、こういうかたちになってきたという、いわば典型的な例だと思っているのです。環境も山国の秩父で育ち、山の土の世界から出てきています。ごく普通の開業医の息子ですし、俳句との出会いも普通ですが、戦争とかそういうことがあって俳句の中にえらいのめり込ん

サンド・バッグに力はすべてたたきつけ疲れたり明日のために眠らん　幸綱

でいった。そういうかたちで現在まできています。これは典型的な普通の俳人の成立事情というものを示していると思うのです。それがまたいかにも俳句の世界にふさわしい。

また、幸綱さんの場合は、家柄とかそういうものを背負って一人の男が出てくるということで、いかにも歌の世界にふさわしい。これは好対照ではないかと思うのです。これは黒田杏子さんのさりげない設定だと思うのですが、非常にいい典型をここに描き出してくれた。だから、思う存分に話を伺って、私もしゃべりたいことをしゃべって、お互い、向かい合うと、これからの歌壇、俳壇の行く末にも一つの暗示を、要件を与えていくことにもなるのではないか。そんなふうに思っています。だから私は非常に喜んでここに来ているのです。しかも、この対談を私の郷里の秩父でやっていただくのはうれしいですね。

佐佐木　今日は兜太さんのふるさとにお招きいただき、ありがとうございます。私も喜んで来ました。私の父親が歌人で、祖父、信綱《のぶつな》（一八七二〜一九六三）が歌人で、曾祖父の弘綱《ひろつな》（一八二八〜九一）が歌人だった。自分ではよく分かりませんけれど、そういう点ではちょっと特殊な家かもしれません。ただ、間に戦争があった。そして、ちょうど父親と僕の間に桑原武夫《くわばらたけお》（仏文学者、一九〇四～八八）の「第二芸術」があった（「第二芸術――現代俳句について」、「世界」一九四六年十一月）。「第二芸術」が出たのは小学生のころでしたが、僕が歌を作り始めたころにはまだその後遺症がありました。「第二芸術」論だけではなくて、能も歌舞伎も、すべての日本の伝統的なものが否定されていた時代だったのです。

僕が中学、高校のころには、家の仕事を継ぐ、あるいは家の跡継ぎになる、おやじと同じ仕事をするという友人は少ししかいませんでした。雰囲気としておやじと同じ仕事をするのはダメなやつがやることだと……。僕らのちょっと上の世代に加山雄三という俳優がいます。彼の父・上原謙が俳優で、息子も俳優になった、あいつはバカだとみんなが言いあったりしました（笑）。

そんな時代で、僕も文学なんて関係ない、できれば弁護士になりたいと思っていた時期がありました。高等学校からそのまま成蹊《せいけい》大学に入りました。ですから、今おっしゃっていただいたように、すんなり親子代々きて、それを受け継いだというのとはちょっと雰囲気が違うかと思います。そういう時代でしたから。ただ、家には短歌関係の本がいっぱいあった。それから、家に来るお客さんが短歌関係の人が多かった。この点はちょっと特殊な家だったかもしれません。

蛾のまなこ赤光なれば海を恋う　兜太

サキサキとセロリ噛みいてあどけなき汝《なれ》を愛する理由はいらず　幸綱

金子家にもお父さんの伊昔紅《いせきこう》（一八八九〜一九七七）氏の関係で俳句を作っておられる方がいっぱい来られたのではないですか。

金子　最初のころは、父親に俳人仲間はいません。父親は学校を出てすぐ上海で医者をしておりました。そこから一人で「ホトトギス」に投句をしておったという時代ですから。私が小学校に入るときに秩父に戻って来て、医院を開業したという関係でございます。その間、俳句の友人はおりません。先輩もおりません。

父親が秩父の谷に入って医者になっていた時代に、学友の水原秋桜子《みずはらしゅうおうし》（一八九二〜一九八一）が高浜虚子《たかはまきょし》（一八七四〜一九五九）に反逆し、「文芸上の真」を唱えて「馬酔木《あしび》」を創刊した（一九二八）。父親はそれに呼応して、秩父に支部を作って、句会などをやっていました。その時点から弟子ができたのです。だから、父親の俳句人生というのも、事実上そこから始まったと見ていいのです。

そういう点で、今、幸綱さんが、ご自身ではそういう環境は薄かった、自分も関心がなかったとおっしゃるけれど、すぐにでもまた歌に戻れるような根強い地盤の流れの中におったというのを私は感じますね。信綱さんの前の弘綱、あの方以来のデンとした歌の流れがあって、その主義主張は別として、その土台の上に幸綱がいたからこそ、そういう状態の中からパッと歌に専念できた。

そして、私の見るところ、かなり早いかたちであなたは歌人として完成の道を歩んだ。完成という言葉は当たらないかもしれない。成熟の道と言ったらいいか。いわば早生《わせ》っ子だと思いますよ。それはやはり土台があるからです。私のおやじや私みたいに空《から》っ臑《つね》から出発すると時間がかかるんです。それは感じます。正直、羨ましいですよ。

佐佐木　羨ましいことかどうかわかりませんが。

金子　羨ましいですけれど、同時にそれでなくてよかったという気持ちもどこかにあります(笑)。

佐佐木　そうでしょうねえ。

金子　というのは、お気づきのように秩父のすぐ山の向こうの山梨県には飯田龍太《いいだりゅうた》(一九二〇〜二〇〇七)という俳人がいました。これは父親の蛇笏《だこつ》(一八八五〜一九六二)からですから、流

富士を去る日焼けし腕の時計澄み　**兜太**

一生は待つものならずさあれ夕日の海驢《あしか》が天を呼ぶ反り姿　幸綱

れといってもお宅ほどの重みはないですけれど、でも二代にわたって、しかも蛇笏の声望が高かった。それを受けています。ああいうのを見てましても、やはり羨ましかったです。どんなにか俳句がやりやすいんじゃないかなという感じでした。ましてあなたとは、俳人の高柳重信《たかやなぎしげのぶ》（一九二三〜八三）の紹介でお会いして以来、幸綱の動向はそういう点で私にとっては羨ましく、ずっと見てきたということは事実です。あなたの頭の毛からお尻の穴までずうっと仔細に観察していましたからね。これは間違いないです（笑）。

佐佐木　雑誌があったということは大きいですね。うちは信綱のときから「心の花」という雑誌を創刊していて、僕が高校のころですか、わが家が発行所になったのです。そういうことがあって、毎月、編集会その他のことでいろいろ、歌を作る人が出入りしていました。うちで校正なんかもやっていましたから、「おまえ、ちょっと見ろ」と言われたり、そういうことはありましたね。「雰囲気、空気として歌があった」ということはおっしゃるとおりです。

■伝統の重みに反抗的で否定的だったころ

金子　あれは敗戦のころですか、あなたの少年期に信綱さんから手紙が来て、それには「うんと勉強しろ」とか書いてあったとか。

佐佐木　ええ。「心の花」の信綱追悼号（一九六四年二月）の年譜に掲載しました。信綱は非常にマメな人でした。ですから、孫が遊びに行くと「とにかく歌を作りなさい」と言って、作らせて、それをすぐ添削して返すということをしました。彼は歌を人に作らせることが自分の使命と考えていた。短歌を美の宗教みたいに思っていまして、それを人に勧め、作歌はその人の幸せにつながると考えていたのだと思います。ですから、孫たちにはみな、とにかく歌を作らせた。歌の種を人の心に蒔くんです。

信綱には子供が多かった。九人子供を作り七人を育てました（一人は養子に、一人は早逝）。孫もいっぱいいいまして、二十六、七人いたんじゃないでしょうか。今は、その孫たちが結婚してます

曼珠沙華どれも腹出し秩父の子　兜太

肥り気味の黒豹が木を駆け登る殺害なさぬ日常淫ら　幸綱

から、連れ合いまで入れると、従兄弟が五十人ぐらいいます。その孫たち全部に歌を作らせた。でも実際は、なかなか発芽しませんね。成長してからも歌を作ったのは三人くらいです。ただまあ、今頃になって、歳をとってから歌を作り始めるという晩生《おくて》もいます。

本当に誰にでも歌を作らせた。例えば今日のような対談の場所に新聞社のカメラマンが来ますと、「あなたは写真を撮るのが仕事ですから、私は撮ってもらいます。ただ、私は歌を作らせるのが仕事ですから、あなたはまず短歌を作りなさい」と言って、カメラマンにまで短歌を作らせるんです(笑)。「私の方が年上ですから、まず私の言うことを聞きなさい」、そう言ってね。そうやって短歌を作る喜びをみんなに植え付けるということを、じつにマメにやっていた人です。そういうことで僕も小学校に入る前後から心に歌のタネを植えられた。信綱はそういう歌人でした。

もう一つは、今言っていただいた手紙のことですけれど、信綱は仕事中でも、会話の間でも、ふっと思いつくと、紙の端っこを切って、ちょこちょこと手紙を書き、「だれだれ君へ」と宛名を書いて、それを女中さんに持たせて、出させたのです。そんなふうに、何かの紙の裏に書いたメモのような手紙がいっぱい残っています。小学校に入ったとか、卒業したときとか、けじめにはちゃんとした手紙が来るのです。非常にマメな人です。まあ、明治の人たち、正岡子規《まさおかしき》（一八六七〜一九〇二）もマメでしたね。

金子　マメだ、マメだ、大マメだ。

佐佐木　司馬遼太郎《しばりょうたろう》（小説家、一九二三〜九六）の『坂の上の雲』には、秋山兄弟のほか、子規、河東碧梧桐《かわひがしへきごとう》（俳人、一八七三〜一九三七）、高浜虚子が出てきますが、あの人たち、みんなマメですね。そういう時代を生きていたのが祖父です。この辺が、おっしゃっていただいたようにちょっと特殊な家の特殊な場面かもしれませんね。

金子　そういうこともさりながら、特に信綱さんが作り上げた「心の花」の歌の世界というものの重みは感じたりしませんでしたか。歌としての重みというか。

佐佐木　最初のころはそういうものに反抗的で否定的でしたから、あまり感じませんでした。僕は三十代の終わりに「心の花」の編集長になったのですが、歌の掲載順をそれまで年功序列だったのを全部やめて、あいうえお順にした。これは先輩の方々からものすごい反発がありました。「心の花」をやめた方もいました。今考えると大改革でしたが、そんなに負担を感じないでけっこう

山脈のひと隅あかし蚕《こ》のねむり　兜太

イルカ飛ぶジャック・ナイフの瞬間もあっけなし吾は吾に永遠《とわ》に遠きや　幸綱

平気でやってしまった。若かったからでしょうね。

それ以後だんだんに、結社とは自分たちのためだけにあるのではなくて、先輩の業績をきちっと読み、評価するための組織だということが分かってきました。そうすると自分たちの後輩がまた自分たちのことをやってくれる。同時代の連携だけではなくて、縦の時代的連携が、近代にできた短歌・俳句結社の大事なポイントではないかと分かりはじめました。五十歳をすぎてからでしょうか。その年齢になってやっと、おっしゃるような歴史の重みみたいなものを感じるようになりました。

最初のころはそういうことが分からなかったから勢いでやってしまった。それがまた、ある意味、若い後輩が「心の花」で育ったきっかけにはなったと思います。ただ、今考えると乱暴だったとは思います。

金子　やっぱり個性が強いんだなあ。普通だと、歌に戻ったとき、家門を背景に何かやるという発想にまずなるように思うんだが、それは事実上、なかったんですね。

佐佐木　「心の花」がどちらかといえば沈滞している時代でしたから、「心の花」の名声を利用して僕がのし上がってやろうなんて、そういう気は全然なかったし、実際、そうはできない状況があったと思います。

金子　私は「心の花」の世界を実際には知らないわけで、漠然と信綱さんあたりの歌を読んでのことですが、この人（幸綱を指して）はどうも、「心の花」を解散するまでにはいかんけど、「心の花」を全く変えてしまうか、あるいは結社はだれかにやらせて、自分は単独でやるんじゃないかというふうなことを思ったことがあったですよ。その辺はどうだったですか。そんな思いは持ったことがないですか。

佐佐木　うーん。「心の花」を「心の鼻」に変えてしまえと冗談で言った時期はありましたが（笑）、しかし実際は解散してしまおうと考えたことはなかったです。

金子　やはり基盤としては持っておきたいと。

佐佐木　ええ、身近にいい先輩がいましたしね。

金子　俳句と同じように連衆《れんじゅう》というものが歌壇でも大事なんでしょうね。

佐佐木　はい。やはり俳句と同じく短歌もまた、「創作」と「読み」が表裏一体の詩ですから、

木曾のなあ木曾の炭馬並び糞《ま》る　　兜太

漕ぎ終えしクルー背中を丸めつつ永遠に極北へのめり込みたき　幸綱

優秀な仲間に恵まれるかどうかは重要な問題です。僕の場合は、たとえば石川一成《いしかわかずしげ》（一九二九～八四）という僕より十歳ほど上の、高校の漢文教師をやっておられた人をはじめ、何人かの年齢の近い優秀な先輩がおられました。同年代でも晋樹《しんじゅ》隆彦（一九四四～）ら才能ある仲間に恵まれました。

■俳句の「ホトトギス」と短歌の「アララギ」

金子　そうか、そうか。いま一つは、「心の花」は衰退期だったとおっしゃったが、私もそれを感じてましして、もう戦後の歌壇では「心の花」のようなグループは要らないんじゃないかと横から勝手に思っていたのです。その中で、異端児みたいに出てきた男は何をするか、たいへんな興味があったわけです。

それと同時に「アララギ」、特に私は斎藤《さいとう》茂吉《もきち》（一八七二～一九五三）が好きなせいもあるのですが、「アララギ」の動向をどんなふうにあなたが考えているのだろうか。北原白秋《きたはらはくしゅう》（一八七五～一九四二）

から来る「コスモス」の世界をどう考えているのか。その二つに対する佐佐木幸綱の考え方を一度、明確に聞いてみたい。それにどういう対応をしていくのか。摂取する部分は摂取し、捨てる部分は捨てるというやり方をするのかということも考えたりしたのです。そのとき、あの両方に対してどんなお考えがあったのです。

佐佐木 俳句の世界の「ホトトギス」と、歌壇における「アララギ」とは、かなり違っていたと思います。「ホトトギス」は一時ほとんど全国統一をはたしますね。それがやがて分散するかたちになる。一方、「アララギ」は大正時代に非常に強い力を持ちましたけれど、全国統一はできなかった。反「アララギ」の雑誌「日光」(一九二四年創刊)が出ています。北原白秋・前田《まえだ》夕暮《ゆうぐれ》(一八八三〜一九五一)らが中心になって出した雑誌です。また、「心の花」の石榑茂《いしくれしげる》(一九〇〇〜二〇〇三)が斎藤茂吉と論争したり、前川佐美雄《まえかわさみお》(一九〇三〜九〇)が土屋文明《つちやぶんめい》(一八九〇〜一九九〇)と論争したりもしました。歌壇が「アララギ」一辺倒になることはありませんでした。俳壇の「ホトトギス」と歌壇の「アララギ」では歴史的な位置、歴史的な影響力がずいぶん違っていたと思います。

魚雷の丸胴蜥蜴《とかげ》這い廻りて去りぬ　兜太

カツサンドはおばる口を見られいて対岸の火事此岸の食事　幸綱

金子　そうですか。私は「ホトトギス」が「心の花」かと思っていた。

佐佐木　うーん。創刊の時期はほとんど同じですけどね。「ホトトギス」の方が一年だけ先輩です。しかし、勢力図のようなことを言えば、ずいぶん格差があると思います。「アララギ」は一九九七年に廃刊になりますが、僕が「心の花」編集長になったころからもう死に体だったですね。もうダメかな、という感じでした。「心の花」も同じ運命をたどるかなと思いました。年功序列が……。歴史ある雑誌が年功序列をやっていると空気が動かなくなる。長寿社会ではますます固定化してしまう。それを活性化するにはどうしたらいいかというので、五十音順にしました。

兜太さんの（同人誌）「海程」が昭和三〇年代（一九六二）に創刊されますね。歌壇のほうも昭和二十年代から三十年代にかけてずいぶん新しい結社雑誌ができ、三十年代に入ると同人雑誌がどんどんできます。同人誌ブームの時代がやってきて、「心の花」のような古い結社にかかわっているよりは、新しい同人誌を仲間と作ったほうがいいかなと思ったことはありましたけれどね。あの時代同人誌は元気がよかったですね。

金子　ええ、よかったです。「心の花」に「アララギ」の歌風のいいところを吸収して生かしていくとか、「コスモス」の歌風を生かすとか、そういう発想はなかったですか。

佐佐木　もう、「アララギ」の歌風、「コスモス」の歌風というものはほとんどなくなっていたように思います。

金子　ああ、個人になったのですか。

佐佐木　ええ。個性の時代になったということでしょうか。「アララギ」は写生を旗印にしていましたが、そろそろ賞味期限が切れて写生という言葉自体が色褪せてきた時代だったと思います。結社雑誌が主義主張とか特定の色を持っていて、それを学ぶとかそれに染まるということをあまり考えなくなった時代でした。時代の問題だと思います。

金子　そういう点でも「ホトトギス」と違うわけですね。

佐佐木　俳句のほうはどうですか。「海程」をなさったとき、危惧とか影響を受けるとか、いろいろお考えになられましたか。

金子　いやあ、全然なかったですよ。それなので逆に質問するのですが。大きな所帯を背負っ

水脈《みお》の果て炎天の墓碑を置きて去る　兜太

ゆく秋の川びんびんと冷え緊まる夕岸を行き鎮《しず》めがたきぞ　幸綱

た人がどう思っただろうかということを聞きたい。私なんかは空っ臑で、何もなく（俳句の世界に）跳び込んだわけだから。そういうものは全くなかった。それから、他の結社の存在はほとんど無視していました。「ホトトギス」なんてのを意識したのは六〇年安保後の高度成長期に入ってていく、あの時期あたりからです。「ホトトギス」復活が出てくるわけです。その前に、俳人協会が「ホトトギス」の有季定型に味方して発足したわけですが、あの辺からずっと虚子と「ホトトギス」の力を感じだしたのです。そこから見るようになったので、それまでは全然と言っていいほど無視していた。もう何か死んでいる存在という感じ。ある人に笑われたことがあるんですが、そのころ、「虚子はまだ生きていたのか」と聞いたこともあったくらいでした。

佐佐木　虚子も長生きしましたね。

黒田　八十四歳まで。

金子　「海程」が出るちょっと前くらいですよ、死んだのは。だから、そこの辺は違うんでしょうね。

佐佐木　外側から見ている感じでも、俳句の結社雑誌と短歌の結社雑誌は雰囲気が違いますね。まず、歌会と句会のスタイルの違いです。句会は、僕はたくさん知っているわけではありませんが、みんな似ている。なぜかというと、「ホトトギス」という母体があって、それをみんなが継承している。ちょっと手を加えているところがあっても、原型が一つなんですね。歌会はどうも原型がないみたいです。「アララギ」の歌会とか「心の花」の歌会とか、まったく別個の歴史を経てきているようです。

金子　はあ、そうなんですか。

佐佐木　歌会のやり方はさまざまです。無記名の歌を選んで投票する場合、最初から名前を出しておく場合、投票しない場合もありますね。歌会一つとっても、「ホトトギス」が全国統一した俳壇と、そうではない歌壇とではずいぶんちがうように思います。

黒田　去年（二〇〇八）、「心の花」創刊一一〇年の会にお招きを受けて参りましたら、早稲田精神というのか、すごく平等でしたね。俳句の会で一一〇年も経てば、例えば「ホトトギス」だったら、稲畑汀子《いなはたていこ》（一九三一〜）先生を立てて、全く別の雰囲気ですが、幸綱さんは応援団の部長みたいな感じでおられて、みんな平等なんです。あれはすごかった。

死にし骨は海に捨つべし沢庵噛む　　兜太

信じきれぬ自身なればか選び捨てし君と決めつつずたずたに居る　幸綱

佐佐木　稲畑さんと俳句愛好者のグループ、歌人の馬場《ばば》あき子（一九二八〜）さんと短歌愛好者のグループが、昔、朝日旅行で外国に行ったときのことですが、中華料理店の席で、俳句のほうは稲畑さんの周りに座る人の順番が全部決まっている。でも、馬場さんのほうは、早いもの順で座るとか（笑）、そんな話を聞いたことがあります。

金子　そこが違うんだ。

佐佐木　馬場さんは旅の間、着るものなんか気にしないで同じ衣裳で通したけれど、稲畑さんは毎日ドレスを替えて夕食の席に現れたって（笑）。

黒田　ともかく「心の花」、幸綱さんの会は平等。どう言ったらいいのかな。いまどきの言葉で「友愛」というか（笑）。そんな雰囲気で貫かれていましたよ。そして、さまざまな方が実に率直に話しておられました。例えば金子先生が乾杯の音頭をされたし、竹西寛子《たけにしひろこ》（小説家、一九二九〜）さん、馬場あき子さんなどが次々にリラックスしてスピーチをされてましたね。あのときは歌人の森岡貞香《もりおかさだか》（一九一六〜二〇〇九）さんが出席しておられて。

佐佐木　大岡信《おおおかまこと》（詩人、一九三一〜）さんもあの時以後、あまり会合に出られなくなった。

■信綱の指導法「おのがじしに」

金子　「心の花」に受け継がれている独特の歌会の形式はないんですか。

佐佐木　ええ。「心の花」流みたいな独特の方式はなかったみたいです。僕は何度か変えました。

金子　私などは「心の花」でやっている歌会のかたちをその後の「アララギ」とかそういう連中が引き継いでやっているのではないかと思っていたが。

佐佐木　いや、そうでもないみたいです。明治以降、歌壇は長いあいだ題詠をやめます。短歌には季語がありませんから、歌会で同じ土俵にのぼることはありませんでした。俳句のように、ある題についてみんなで考えたり、その題の先行作品を点検するとか、そういうことができませんから、原則的な型ができなかったんだと思います。ですから、明治以降は、江戸時代まであった歌会とはずいぶん変わっているようです。最近、歌会のときは新趣向の題詠をやろうといろいろ試行していますが。

朝日煙る手中の蚕妻に示す　兜太

夏の女のそりと坂に立っていて肉透けるまで人恋うらしき　幸綱

金子　そうなんですか。「心の花」は引き継いでいるものがなかったのですか。何か引き継いでいるものがあって、そういう使命感で信綱さんはやっているのかと思っていた。

佐佐木　いやあ、そうじゃないと思っています。形式、作法のたぐいで引き継いでいるものはないと思います。幾つかその時代その時代の歌会の記録が残っていますが、それも形式よりもどういう批評が出たか、内容が中心です。

金子　すると、信綱さんのテーゼというか、「心の花」の歌の基準というか、そういうふうなものは信綱さんがお作りになったので、それまでの伝統、あるいは伝承といえるようなものはないのですか。

佐佐木　江戸時代から引き継いだものはないと思います。僕が知っているのは、歌会ではなくて、フェイス・ツー・フェイスでの個人指導です。

金子　教育者ですな。

佐佐木　たとえば、鶴見和子《つるみかずこ》（社会学者、一九一八〜二〇〇六）さんの場合もそうでした。

黒田　机を挟んで、持参した作品を直していただいたとか。

佐佐木　ええ。例えば木曜日の午前中がお稽古日で、宿題が出ていまして、その題で歌を五首作って持ってゆき、そこで添削をしてもらう。そういった指導です。

金子　江戸のころはそういうかたちではなかったんですか。

佐佐木　江戸のころもそうだと思いますし、結社制度の前の門人制度ですね。入門があって破門もある。師弟の関係ですね。

金子　信綱さんはそれを復活させようというお考えだったのでしょうか。

佐佐木　復活というのではなく、継承だったと思います。信綱の父・弘綱は、本居春庭《もとおりはるにわ》（一七六三〜一八二八）の高弟・足代弘訓《あじろひろのり》（一七八四〜一八五六）に入門。弘訓の「弘」をもらって弘綱と改名したということです。その弘綱は、松坂で本居宣長《もとおりのりなが》（一七三〇〜一八〇一）がはじめた鈴屋《すずのや》歌会《かかい》の責任者をつとめます。その宣長からつづく伝統的な師弟関係のあり方を継承したのだと思います。

この個別的な指導は、経済的な問題もからんでいたと思います。弟子から相応の月謝または添削料をとる。江戸時代からそれが大切な収入源だったわけです。あくまで個別的な指導ですね。

墓地は焼跡蟬肉片のごと樹樹に　兜太

俺を去らばやがてゆくべしぬばたまの黒髪いたくかわく夜更けに　幸綱

原則を教えるのではなくて、その人その人に対応する指導をした。村岡花子《むらおかはなこ》（一八九三〜一九六八）は鶴見さんと同じころに信綱の個人指導をうけていたわけですが、「あなたは短歌はやめた方がいい。散文をやったほうがいいでしょう」と言われて小説家になったということです（笑）。そういう進路問題まで含めての個人指導をやったみたいですね。

金子　すると、指導方針、中心スローガンとでもいうか、そういうものも全く独自に考えておられた。指導方針は多少の伝承があるんだろうが。

佐佐木　はい。「おのがじしに」です。今の言葉で言えば「個性重視」でしょうか。信綱は早くから「おのがじしに」ということを言いました。

金子　それはいかにも近代の匂いがしますね。

佐佐木　信綱が偉かったのは、自分が分からない作品には○をつけるんです。自分の理解の範囲を超えている歌を否定しない。どうしてそういうことをやったかというと、彼の専門だった文献学の考え方だと思います。たとえば『万葉集』の写本に読めない字があるとします。適当に意味が通じるように読んで、誤字だとして原文を修正してしまう学者がたくさんいる。が、それは駄目だというのが文献学の立場です。絶対に原文を修正してはならない。自分には分からないけれど次の時代の研究者には分かるかもしれない。ということで、分からないものはとりあえずよしとしてそのままにしておく。この謙虚さが学問を育て真実にせまる、という考えです。
　それを弟子の歌を見るときも適用しました。自分には意味の分からない、訳の分からない作品でも否定しない。次の時代には理解されるかもしれない。具体的に言うと前川佐美雄《まえかわさみお》（一九〇三～九〇）の歌がそうでした。信綱は直さず、〇印をつけた。「私には分からないけれど、まあ、いいでしょう」ということです。だから、いろいろ不思議な人材が「心の花」から育った。「おのがじしに」の才能が「心の花」から出た、ということになるんだろうと思います。信綱という人物は、勘はよかったんだと思います。一流のものを多く見て、本物を見抜く勘をやしなう。そういう訓練はあったと思います。

金子　そうか、そうか。そうすると個別指導というやつが個性を活かしたのか。なるほど。しかし、それは意図してそうなる結果を招いたんでしょうか、それとも偶然、そうなったのか。

佐佐木　どうでしょうか、その辺は分かりません。個別指導の中から自然に学んできたもの

舌は帆柱のけぞる吾子と夕陽をゆく　兜太

君こそ淋しがらんか　ひまわりのずばぬけて明るいあのさびしさに　幸綱

だと思いますけれど。

金子　それで個性を開かせるという考え方もあったということですね。その当時だと新鮮だ。

佐佐木　信綱が「心の花」のスローガンとして掲げた「広く、深く、おのがじしに」は、主張がないみたいに見えて、昔の短歌史や辞典類では穏健派、折衷派といったレッテルが貼られたりしています。そんなことで、ずっとクローズアップされなかったのですが、戦後になって個性重視の時代になり、やっとスポットライトが当たるようになりました。

金子　「アララギ」なんか画一的になったからね。しかし、それ（「おのがじしに」）は文献学者として「怪我の功名」とでもいうか。自分の学問の姿勢が歌に反映し、よい結果を生んだ。そういうことなんですね。

黒田　私たちが今、聞きますと非常に近代的というか、先見の明があったと感じるけれど、当時は旗印としては弱かったんですか、「おのがじしに」、それぞれにやってくださいというのでは。

金子　そう。それから、お話からもそれを意識的にスローガンにするという気もなかったくらいの感じだな。だから、学問とか教育者の面が非常に出ている指導者の歌への対応の仕方という感じがします。

黒田　「心の花」を創刊されたとき（一八九八）、信綱先生は二十五歳ですね。

佐佐木　ええ、若かったですね。

金子　しかし、それはおもしろいなあ。歌人としての姿勢ではなくて、学者、教育者としての姿勢が歌へも及んでいった。それが結果的には成功したというのはおもしろいですね。短詩型というものの一つの特徴を感じます。短歌とか俳句とか、優れた人間がいて、優れた指導を、しかも相手の個性を大事にして指導する。そうするといい花が開く。短詩型の場合はそれがあるんじゃないですか。長い詩を書いている詩人に向かってそんなことをやったってダメでしょうけれど。どうなんですか、短詩型の特徴になりませんか。

佐佐木　どうなんですかねえ。

金子　「心の花」は短詩型の世界にたまたま咲いた徒花《あだばな》みたいな存在だった、と言ったら、たいへんな皮肉になってしまうかな。でも、それはおもしろいですな。

佐佐木　創刊以来一一〇余年ありがたいことに、しかるべき個性が持続的に出てきます。木

縄とびの純潔の額《ぬか》を組織すべし　兜太

下利玄（一八八六〜一九二五）、川田順《かわたじゅん》（一八八二〜一九六六）、前川佐美雄、斎藤史《ふみ》（一九〇九〜二〇〇二）……、最近では竹山広（一九二〇〜二〇一〇）、石川不二子《ふじこ》（一九三三〜）、伊藤一彦（一九四三〜）、俵万智《たわらまち》（一九六二〜）……。まあ、それぞれに個性の強い才能だと思います。

金子　「アララギ」などは一つのスローガンで統一しているような感じになって、完結化してしまって、幾人かの優れた歌人しかいなくなってしまう。逆ですね。「心の花」はいかにも現代的なんじゃないですか。「アララギ」なんかがむしろ反現代的。

佐佐木　「アララギ」がなぜ潰れたか。むつかしいところですが、「写生」の賞味期限が切れたからだと見ています。写生という方法は、ピタッとした輪郭鮮明な「われ」がいて、その「われ」の視点を中心に置いて世界を見るわけです。「われ」から世界がどう見えるか。「われ」を中心に置いて世界を遠近法でとらえる。それが写生です。自我の確立をめざした明治期に始発した文学表現としてふさわしいものでした。しかし、それから百年たつと「われ」の輪郭がうやむやなかたちになってきた。一九七〇年代に三田誠広の『僕って何』、八〇年代に上野千鶴子『〈私〉探しゲーム』がベストセラーになります。「われ」が見えにくくなってくるわけです。現代がそうい

寄せては返す〈時間の渚〉ああ父の戦中戦後花一匁《はないちもんめ》　幸綱

う時代になってきているわけですが、写生が成立しにくくなる。「アララギ」の「写生」はその点で近代独自の方法だったのかも知れませんね。個性の時代になって「おのがじしに」がクローズアップされてきた。そんな感じでしょうか。

金子　非常に根強いものを感じますね。雑誌「スバル」への対抗意識もあったのかなあと思ったんだけれど、伺ってみればそんなことは全くないですね。あんなものは一時的なものだと。

佐佐木　森鷗外《もりおうがい》（軍医・小説家、一八六二～一九二二）と信綱はすごく親しかったんです。後に白秋とはいろいろ確執があったようですけれど。「スバル」に対抗意識はなかったと思います。「明星」の初期のころは、信綱にも「明星」風の歌の影響を受けた作がありますが。

金子　なるほど。信綱さんにとってはそういうのは小さなグループなんだな。その辺からよく分かってきました。お話を聞いていて、「ホトトギス」のような支配的な勢力は歌壇にはなかったということ。「心の花」がそれかと思っていたのですが、そうではないことがよく分かってきました。それから、意外に近代的な組織であるということも。

罌粟《けし》よりあらわ少年を死に強いた時期　兜太

厩昏《く》れ馬の目はてしなくねむり麦たくましく熟れてゆく音　幸綱

■「ホトトギス」を君臨させた大きな力

金子　それから見ると「ホトトギス」の力は非常に大きく感じますね。私が「海程」を創刊したのは昭和三十七年でしたが、実際に「ホトトギス」を盾とした、特に虚子の花鳥諷詠、有季定型を盾とした、われわれに対する反発が出たのはやはりその時期からだと思うのです。私たちが創刊したあの時期くらいになると思うのですが、そのときの力はべらぼうに大きなものを感じた。そこが違うんだなあ。

佐佐木　（「ホトトギス」は）組織としても大きかったし、機構的にもがちっとしていたですね、早くから。歌壇の方にはそんな雑誌はなかった。個人の自宅が編集部になっていて、家内工業みたいなかたちのものがほとんどです。経済もドンブリ勘定。そういうかたちがずうっと続いてきました。「ホトトギス」は丸ビルに事務所を設けて、経理のことも含めて近代経営を非常に早く取り入れたんじゃないですか。俳句の世界と短歌の世界では結社組織に対する考え方、実現力みたいなものが違っていたのではないかという気がします。

金子　組織の面で、「ホトトギス」の同人と称せられる人たちには財界の人がけっこう多かったので、経営方式がいわば経済の合理性を持っているというか、それを感じます。

佐佐木　「心の花」には川田順という住友総本社の筆頭理事になった人がいましたが、結社組織の問題には口を出さなかったみたいですね。

金子　そうなんです。川田順の支援を受けたと伝えられる山口誓子《やまぐちせいし》（一九〇一〜九四）は特別だったんでしょう。その点で、俳誌経営として近代的な経営方式をとっていたということは間違いないと思います。西山泊雲《にしやまはくうん》（一八七七〜一九四四）さんのお宅が兵庫県丹波にありまして、私が行ったとき、「小鼓《こつづみ》」という、虚子の命名した酒を出してくれた。酒造家でして、泊雲の倅、その子供が後を継いでいます。これは完全に近代経営だ。その蔵元があの辺のブロックの配本の拠点でもあったのです。「ホトトギス」の本ができるとあそこへまず移して、泊雲のところで配本するのです。書店に出すものは出す。だから、東京が一括せず、地方のブロック制をとっていて、有力な経済力のある連中にそこをやらせる。

確かな岸壁落葉のときは落葉のなか　兜太

ハイパントあげ走りゆく吾の前青きジャージーの敵いるばかり　幸綱

佐佐木　するとそこは、配本だけではなくて人間関係の中心にもなりますからね。

金子　ええ。カネがあって、人間がよくないと、今だってそうでしょうけれど人はなかなか集まりにくい面がある。俳句だけの力ではダメなんです。

佐佐木　座の文芸としての歴史があって、ノウハウを受け継いできているんじゃないですか。

金子　そうらしい。

佐佐木　俳句はスポンサーの文芸という面がありますね。町人社会の知恵がずっと生かされてきた。短歌は貴族とか武士階級の文学ですから、どうしてもお高くとまって、経済にかかわることをごちゃごちゃやるのはカッコ悪いとか、そんなこだわりがあります。システムを大事にするなんて邪道だとか、そういう考えがずうっとあったようです。ずいぶん雰囲気が違うんだと思います。

金子　幸綱さんも全くそんな関心はなかったと……。

佐佐木　はい。今でも短歌の結社は、俳句の結社に比べると経営がいい加減ですよ。

金子　ああ、経営術がない感じがしますね。

佐佐木　金集めをきちっとして、経営を安定させようなどと考えるのはカッコよくないという、そんなような感じがある気がします。

金子　俗物でね。うん、それはあります。その点で、歌の経営が旧式の経営であったということはよく分かりました。

佐佐木　早くに俳句は近代的経営になったんですね。

金子　ええ。またそういう人たちがみんな参加しやすい型式であったという面もあったと思います。

それから、伺っていて思ったのは、その雑誌の出方、「ホトトギス」の場合はデビューの仕方が単純だったということがありませんか。だから、みんなの注目がいっせいに集まった。というのは、ご承知のように河東碧梧桐が「三千里」なんて言って、全国を回っていろいろ自分の意見を述べて歩いているうちに、次第次第に発想が自由になったというか。子規が自由な発想の持ち主ですから。虚子はそれを食い止めるために写生ということを言ったと私は見てますから。その師匠譲りの自由な発想をどんどん振り撒いているうちに、いつの間にか「無中心」なんて言い出

きょお！と喚いてこの汽車はゆく新緑の夜中　兜太

> 三十一拍のスローガンを書け　なあ俺たちも言霊を信じようよ　幸綱

して、「自由律でもかまわない」という言い方になってくる。碧梧桐、その後に荻原井泉水《おぎわらせいせんすい》（一八八四〜一九七六）、中塚一碧楼《なかつかいっぺきろう》（一八八七〜一九四六）、ああいう人たちが自由律になってしまいますね。そういう雰囲気が一方に、まさに子規の系統として非常にリアルにはっきりあった。自由律がその中から出てきたわけですが、基本は一つの流れです。だから、虚子は商才があるから非常に鮮明に対照的なテーゼを立てることができたのでしょう。

黒田　守旧派ですね。

金子　守旧派ということをはっきり言うし、自由律も認めるという風潮に対して定型をはっきり言う。それから、季語が必須だとか。碧梧桐は言葉は自由だということを言い出したから、それに対して非常に鮮明なテーゼを立てた。その出方と経営方法と、この二つで支配力が増したということではないかなあ。それがずうっとそのままきた。新興俳句運動が唯一の抵抗です。あとは小さな抵抗です。水原秋桜子の抵抗なんてのがあっても、結局、それ自体は大した力にならないできた。新興俳句運動を生み出す力にはなったが。

佐佐木　そうでしょうねえ。短歌のほうも自由律とか口語運動とか、俳句と同じようにあったわけです。「アララギ」でも、例えば茂吉なども自由律の歌や口語短歌を一時作りますしね。そういう揺らぎはありましたが、分派することはありませんでしたね。

金子　短歌はスローガン主義ではないんでしょうね。自由なんでしょう。俳句の場合はスローガンで統一されるという傾向がどうしても出てくるのです。

佐佐木　短歌の方は明治に短歌革新運動が俳句とは違うかたちで興ります。そのときの後遺症、トラウマがあって、旧派とか、古いと言われることに対して神経質なんです。もちろん進化論の強い影響があるんですが、新しい側に立ちたがる傾向が強い。俳句の方が守旧派だっていい、古くたっていいじゃないかという開き直りがいつの時代にもありますね。短歌は「古い」と言われると「これはいかんかなあ」と反省して、新しい側に立とうとする。そういうことがあるみたいです。全体の流れとしてね。

金子　ああ、やっぱりなあ。

佐佐木　戦後の「第二芸術」論に対する反応の仕方にしても、虚子は「俳句が第二芸術でよかった」というようなことを言いますね。受け流します。新しい動きに対して自分たちは外側にいる

雪山の向うの夜火事母なき妻　兜太

竹に降る雨むらぎもの心冴えてながく勇気を思いいしなり　幸綱

よというふうにやるわけですが、短歌はみんなまともに受け取ります。ずいぶん波紋の広がり方が違ったと思います。もともとは俳句の話なのに、短歌の方が過敏に反応した。刺激をうまいかたちで短歌の新しい動きに変えていったという見方もできるわけですが。

金子　短歌の場合は個々に反発するでしょう。批判をするにしても、受けるにしても。俳句の場合は集団的に、スローガンで一つの意見に対して対抗していく。そういう傾向が見えますね。ずっとそうです。さっきも申し上げたような碧梧桐の流れに対する虚子の反発は一つのマスとしての反発です。スローガンが出て、そのスローガンに従った連中はマスとして反発する。碧梧桐の場合でもそうです。あの流れはマスとして世に君臨した感じがあって、一人一人の中ですばらしく昇華されて独自のものを築いたというのはあまりいないわけです。どうも俳句は型式が短いせいか。一人一人の意識が低いというか。

佐佐木　いや、低い高いはないと思いますけどね。

金子　スローガンで支配される傾向があるっていうのは、それじゃないでしょうか。今でもそうですね。だから、俳句は二百人くらいの結社雑誌がけっこうたくさんあるようで、採算をとってやっているようですが、それを見るともっともらしいスローガンを一つか二つ掲げているんです。虚子みたいにはっきり書きませんけれど。それにみんなが従っている。その方が俳句は作りやすい。どうもそういう傾向があるようだ。それが「ホトトギス」を君臨させた大きな力でもあると思うな。

■「もの」と「心」のバランス

佐佐木　違う角度の話かもしれませんが、俳句の方がものの輪郭をはっきりさせたがる。短歌の方が曖昧なかたちを許す。作品を見てもそうで、余情といいますか、短歌は何となくふわっとしている曖昧な部分を認めようとします。俳句は輪郭がきちっとしている方がいいということがありませんか。標語が好きだということに関連して。

金子　ええ、ありますが。これはまた後からの話と思っていたのですが、俳句の方が型式は短いので、ものの力を借りる部分が多い。ものの力を借りないとできないことが多いというか、

暗闇の下山くちびるをぶ厚くし　　**兜太**

それがあるんじゃございませんか。短歌だと、自分の胸の内だけ、心というやつをそのままたらたらと書いてもけっこう通じますよね。

佐佐木　ええ。正述心緒《せいじゅつしんしょ》と寄物陳思《きぶつちんし》という二つの方法が『万葉集』の時代からありますから。

金子　寄物陳思の方は俳句にぴったりですが、その傾向があるせいじゃないかなあ。だから、俳句でたらたらしたものを書くとみんなから評判が悪い。分からないということになってしまう。私はしばらくそういうことを言われましたからよく分かっているんだが、自分の胸の内だけをさらけ出すと「分からない」ということにされてしまう。ましてその中に季語も入ってないと、「こんなのはルール違反でダメだ」という非常に単純な仕切り方をされる。そういうことが俳壇というところで通用しているんじゃないでしょうか。歌人の方がそういう意味では個々の意識が俳人よりも高いと思うな。いや、高いという言い方はまずいかもしれないが。

佐佐木　さっきも言いましたが、「古い」と言われることに俳人は平気だけれど、歌人は敏感に反応するということはあると思いますね。季語のような規則はないわけですが。

金子　やはり自分の心を出したがるからじゃないですか。それに対して「古い」と言われるのが非常につらい。

佐佐木　歴史的なこともあると思いますけれど。

金子　短歌は、その「心」の歴史が古く、長い。でも俳句は、「心」への関心が正面に出るの

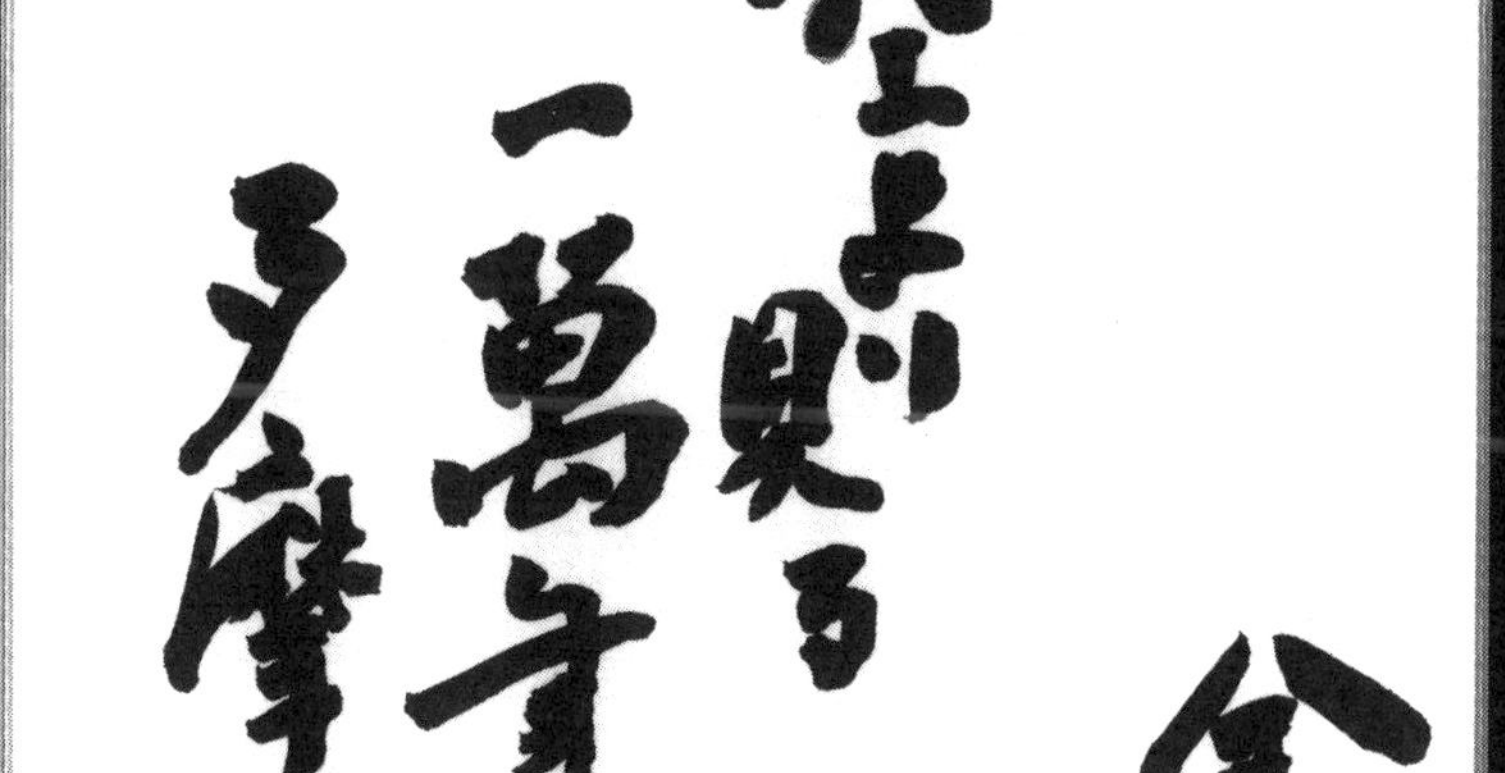

空より見る一万年
の多摩川の金剛
力よ、一万の春
幸綱

噴水が輝きながら立ちあがる見よ天を指す光の束《たば》を　幸綱

は芭蕉以降ですからね。

佐佐木　短歌は歴史が長いから、つねに新しさを意識していないと過去の亡霊に取り殺されてしまう。そういう恐怖があるんですね。

金子　ああ、つまり伝統の厚みということだな。

佐佐木　常に前方に走っていかないと後ろからお化けがついてきますからね。

金子　そうか。いや、もう少し「心の花」の組織のことを聞きたいんだが。その切り口が見えてこないんだ。さっきうまく言いくるめられた感じだ。質問をはぐらかされた(笑)。「心の花」の組織の力とか幸綱さんの指導性の問題とか、俳句とはちょっと違っているんだなあ。どうも私の頭には「ホトトギス」があるんです。

黒田　歴史のある集団ということですね。

金子　しかもスローガンの強さ。俳句は一つ掲げたスローガンが非常な支配力を持つ。しかし、それは短歌の場合は意外にないということですね。

佐佐木　とくに戦後はまったくそうだと思います。

金子　例えば、飛んだ話ですが、茂吉の「実相観入《じっそうかんにゅう》」ということの影響力はどうなんですか。

佐佐木　戦後はほとんどないんじゃないでしょうか。昭和前期は影響力があったと思いますが。

金子　私はいい言葉だと思うんだが。

佐佐木　僕が歌を作りはじめたころはまだ少し「写生」という言葉にリアリティがありました。『短歌写生の説』（一九二九）が一冊になっていますが、みな読みましたね。しかし今は、それを読んだことのある歌人はほとんどいないんじゃないでしょうか。

金子　その辺、歌人の方が意識が高いというふうにしか言いようがないんだが、高いとはしゃくに障《さわ》って言えない。そういう言い方はできないんですが（笑）、その違いはあるかなあ。少なくも「心」と真向かって作ってきた歴史は短歌が圧倒的に長いですね。俳句は、私の見るところ、松尾芭蕉《まつおばしょう》（一六四四〜九四）以降です。芭蕉はそれとものとのバランスでえらい苦労をしているということで、これは後から申し上げたかったのですが。その「もの」と「心」のバランスの問題が今でも尾を引いていて、まだ決着がついていないというふうに思うのです。

佐佐木　短歌もその問題に関しては同じですね。

白い人影はるばる田をゆく消えぬために　兜太

あしびきの山の夕映えわれにただ一つ群肝《むらぎも》一対の足　幸綱

金子　「寄物陳思」は、それにしても心の世界の扱い方は古い。『万葉集』は別として、『古今』以来という言い方はできませんか。『古今和歌集』はみんな、王朝の連中の胸の内でしょう。

佐佐木　そうですね。

金子　ものの強さなんてものはないんじゃないですか、あの中には。ものが便宜的に使われているだけですよね。

佐佐木　うーん。ただ、季節の歌がずいぶんあって、季節は花とか紅葉とか、「もの」を通して認識されるところがあります。そういう意味で、「もの」ときちっと対応することが世界と対応することであるという感覚はありますね。

金子　ありますか。ただ、ものの中にすでに心が潜んでいるのではないですか。本意《ほい》なんてことを言いますね。あれは短歌の題に尽きる。

佐佐木　題の美的本質。おっしゃるとおり、題そのものではなくて、「もの」の中にどれだけ先人の心があるか、重ねられているかということですから。

金子　そうでしょ。だから、心がどのくらい入っているか。それを頼りに、また自分の心の世界を表すためにもそれをそのまま使う。そういうふうな使い方をしているんですよね、あれは。短歌の世界は少なくとも『古今』以降は心の世界が中心命題で、それをいかにうたうかで、いろいろな手練手管を講じてきた。そういう歴史があるが、俳句は芭蕉以降になって心を表現したいなんてことを考え出すなんて、その歴史がうんと浅いから、その分が違うんじゃないかと思うんだ。特に現代になってくると俳句の世界でも心の世界を出したいということで俳人たちは苦労しています。やっと今になって、問題意識、表現意識としては短歌の類に達してきたと私などは見ているんですけどね。

佐佐木　難しい問題だなあ。

金子　難しいです。でも、どうもそういう点で俳人は、テメエの世界の方がレベルが低いなんてことは言いたくないんだが、そういう意味ではレベルが低いんでしょう。

佐佐木　そんなことはないと思いますけど。

金子　これもあとから出るかもしれませんが、型式の制約という問題が非常に大きいから単純には言えないことですが、俳句は短いだけにものの力を借りないと表せないということが多い

青年鹿を愛せり嵐の斜面にて　兜太

たちまち朝たちまちの晴れ一閃の雄心《おごころ》としてとべつばくらめ　幸綱

ですからね。それはあるんですが。

佐佐木　本意という歴史的な歌の批評語には「もの」と心が伝統的なかたちで絡んでいるわけですけれども、古典時代が終わって近代以後になると、新しく輸入された「もの」、発明された機械のような新しい「もの」が出てきたり、それまでうたわれていなかった事物がいろいろ出てくる。そういう「もの」をあえてうたっていく。そこには、おっしゃるような歴史的に練り上げられていた心を託すものではもはや表現できない「もの」をわれわれは抱え込んでいる。そういうジレンマがあります。

金子　それはそうですね。

佐佐木　現代俳句や現代短歌は、古典的な主題とは別の「もの」をわれわれは求めようとしている。カタカナの言葉が多くなってくるのもそういうことだと思いますが。

それからまたもう一つ、短歌の世界に何度も出てくるのは、心まみれになってしまった後、心を切り捨てた、はねのけたというか、そういう世界が欲しいという感覚はありますね。これはまたずっと続くかどうか分かりませんが、今流行っているのは、あまり意味のない表現とか、一種のナンセンスとか、従来の心とは外れたところのことを表現する、そういう歌が面白がられている。心まみれになっている「もの」に飽きたということがあるかもしれません。

■短歌は「新しもの好き」

金子　今の話でヒントを受けたのですが、思うと俳句の世界は短歌ほどは新しく現れてくるものに対しての適応力が鈍いですね。

佐佐木　歳時記があるからじゃないですか。

金子　だから、そこなんだ。それでみんな季語に依存する。だけど、現代の表現を求めて今のものにどんどん対応することもなければいかんでしょう。それには季語をどううまく使うかくらいのことを考えないといかんでしょう。でも、どうもその対応力が鈍い。短歌は思うままにいろいろなものを取り入れてますよ。われわれから見るとバカバカしいほど入れてます。その違いって、確かにあるなあ。

人生冴えて幼稚園より深夜の曲　兜太

さらば象さらば抹香鯨たち酔いて歌えど日は高きかも　幸綱

佐佐木　季語がプラスの面に働く場合とデメリットに働く場合があって、季語で、ある部分を占めてしまいますからね。もう一つ違うものを出す場合にかなり制約があることは確かなような気がします。

金子　確かにそうなんですよ。自慢なんだけれど、季語があってもそれは一つの言葉として使うのであって、現代を示す題材、その言葉のすべてをどんどん取り入れていくというのが私の立場だが、そういう意欲が俳人ははじめからそがれているんですかねえ。それは季語を言いすぎることが悪いと私は思っているんだ。

佐佐木　外野から見ると、どんどん季語を増やしているでしょう。ハンカチだとかビールだとか、みんな季語にしているが、それをやめて、季語をどんどん少なくして、最初のころみたいに何十何百に限ってしまって、季語以外のものを入れる余地を作ればいいんですよ。それなのに、どんどん季語を増やしてしまうから、何かよく分からなくなってしまう。そんな感じになっているのではないかと、外側からは思いますが。

金子　それはありますね。何でも季語にしてしまいますから。

佐佐木　僕はよく知りませんけれど、江戸時代の早いころは季語の数は何百ですよね。

金子　そうです。

佐佐木　それが今はもう何千という季語で、まだ増え続けている感じですから。

金子　それだものだから、新しい題材と言葉には飛びつけなくなる。

佐佐木　「ホトトギス」の季語と他の結社の季語が違うわけでしょう。これは「ホトトギス」では許容していないけれど、こっちでは許容していると。季語か季語でないかの境界線が、結社ごとに違っていたりするわけですね。

金子　ええ。違っています。いちばん顕著なのは地域によって違うこと。それまでの京都中心の季語に対して、江戸後期に滝沢馬琴《たきざわばきん》（戯作者、一七六七〜一八四八）が江戸中心の歳時記を作ったでしょう。ああいう抵抗感もあるようで、北海道歳時記とかいろいろなものを作ろうとしてますけどね。

佐佐木　自分たちの地域だけで楽しんでいる分にはそれでいいんですけど、普遍的になっていくといろいろな矛盾が出てきますね。

朝はじまる海へ突込む鷗の死　兜太

雨荒く降り来し夜更け酔い果てて寝《いね》んとす友よ明日あらば明日　幸綱

金子　ええ。句を詠む上でずいぶん違ってきます。受け取り方が違ってきますから。でも、共通させるというのはこれまた絶対主義になるのではないでしょうか。

佐佐木　ブラジルも日本と一緒の季語でやれというのもねえ（笑）。

金子　いや、私なんか、沖縄と北海道の季語を共通にしろってことでも、それは無理だなと思いますけど。そういう問題も出てくる。むしろそれは歳時記なんてものがあって季語をまとめているからよくないので、黙って『広辞苑』くらいの中に突っ込んで、普通の言葉にしてしまえばいいんじゃないか。『広辞苑』の花や鳥の説明はいいですよね。歳時記よりいい場合が多いです。あれでいいんだと思っているんですけどね。なんで歳時記を作るのかと、そういう問題すらあるのです。

佐佐木　俳人は、今は季語の問題をあまり話さないですね。

金子　言わなくなりました。古い季語を大事にするという真面目な指向が今はあって、古季語を発掘するとか、地方にあるような埋もれた季語を再発見するとか、そういう試みをやっている人がいます。いい仕事をしています。

佐佐木　学者では山下一海《やましたかずみ》（一九三一〜）さんの『古句新響』という本を読みました。江戸時代の句の言葉の感触を確かめておられます。

この間惜しくも亡くなった雲英末雄《きらすえお》（一九四〇〜二〇〇八）君のエッセイ集『三光鳥の森へ』も江戸俳句のていねいな読み込みがじつに面白い本でした。二人とも、古い季語が入った江戸時代の句をいろいろ読んでいますね。とても面白い。

金子　やってます。この黒田君とか宮坂静生《みやさかしずお》（一九三七〜）、宇多喜代子《うだきよこ》（一九三五〜）みたいに、古季語の見直し、現代への適用のさせ方、そういう考え方はずいぶん実行に移されてます。

佐佐木　さっきおっしゃった話からすると本意の洗い直しですね。日本人の心の在り場所をもう一回、洗い直すということになりますね。

金子　そういうことなんです。ものと心のバランスのとれた状態で出てきた言葉の根本を洗うということ、それは非常によく分かる。賛成です。

黒田　どうも俳人の方が主体性が弱いような感じがしますね、歌人に比べて。型式に縛られるからでしょうか。

銀行員等朝より螢光す烏賊《いか》のごとく　兜太

ひばりひばりぴらぴら鳴いてかけのぼる青空の段直立《きだすぐた》つらしき　幸綱

金子　そうなんだ。季語も型式化して使う。そういう感じですね。それから、本意と言われると、季語の本意にとらわれて自分の柔軟な心は消してしまうという面が出てきまして、どうも言葉と自分との弁証法的な関係とか、ものと心の弁証法的な関係、これが保てないというか、とれないでいますね。

佐佐木　でも、型式がきちっとしているほうが遊びとしては楽しいですから。

金子　そうなんです。気楽ですから。

佐佐木　それから、輪郭がすっきりしている方が他人とは共通項を持てるわけです。

金子　そうして、虚子の言う花鳥諷詠に従っていれば、いちばん楽に作れるわけです。よく分からなくても花鳥をうたえばいいということでしょうから。そうなってしまうんです。どうもそういう安易な、私に言わせれば愚民コースを俳句の場合はたどってきた。今の結社制度というものはそれを奨めている面があると思っていて、その点は歌壇の方が生き生きとしている感じがあるんだなあ。

佐佐木　いやあ、そんなこと、ないと思います。「隣の芝生は青く見える」で（笑）。

金子　心をうんとうたおうとして新題材にどんどん挑んで、あんまり過去の題材の世界には拘らない。そういう動きは短歌の方が多いし、結社単位でそういう意識を持っているんじゃないですか。俳句はそこが狭い。

佐佐木　うーん。さっきも言いましたように確かに「新しもの好き」というのはありますね、俳句に比べて短歌は。

金子　ええ、それはたしかにあります。

黒田　お二人は、俳句の世界、短歌の世界というところで、それぞれのかたちでご自分の独自の道、作風、世界をつくってこられた。そういうことでここまでずっと話してこられました。結社論みたいなものも出てきています。金子さんが佐佐木さんにお聞きになりたかったことはこれでよろしいですか。

金子　そうですね。もちろん、聴き残しているという思いはあるんですけど、何となく輪郭は見えてきました。また思いついたらおたずねします。

彎曲し火傷し爆心地のマラソン　　兜太

俺は帰るぞ俺の明日《あした》へ　黄金の疲れに眠る友よおやすみ　幸綱

■俳句から離れなかった三つの理由・その1「俳句ができちゃう」

金子　ところで黒ちゃん、今一方の、いかにも俳句の世界らしい出方をした男、金子兜太という男の説明が要るんじゃないですか。まさに「心の花」と対照的だと思う。田舎者のな。

黒田　そうですね。では、金子さんの出発と立脚点、現在をお話しください。

佐佐木　戦後という時代が金子兜太という俳人の登場に非常に大きかったでしょう、いろいろな意味で。

金子　はい。決定的に大きかった。

佐佐木　戦争体験もおありですし、帰国されてからの戦後という時代も問題ですね。敗戦国の人間の問題にしても。

黒田　金子さんがかりに六十でお亡くなりになっておられたら、お話にならなかったんですけれど（笑）、今、九十歳、いまなお作家として進行形、発展途上であるとおっしゃってます。

事実そうだと思います。ですから、「終わらない」というところで、どうぞ。これまで、この国に存在していなかった新種の俳人として存在、現在注目をあつめておられるわけですから。

金子　そのことも含めて、俳句への入り方の問題になるでしょうね。その前に一つ、今、幸綱さんの言ったことに答えておきますと、私は戦争中、目の前で実験用の手榴弾が爆発しまして、実験者がすっ飛んだのを目撃した。その破片が私の周りに散ったけれど私は助かったというトラブルがあった。他にも幾つか、私は命拾いしていることがあるんです。そういうことから見て、戦争の悪ということを身に沁みて思ったわけですが、同時に私は、これに自分が対決していくためには俳句なぞというものを作っちゃいかんと思ったのです。若いですから、単純に考えました。そんなことをやらずに、一意に戦争というものを見つめて、反戦なら反戦という考え方を徹底させていかなきゃいかんと。

しかし、そんなことを言っていながら、一方では、戦う以上第一線で、の青年の気負いがあった。両面があって、いずれにせよ、俳句をやめようと思ったのです。

黒田　トラック島でも句会があったんですよねえ。

華麗な墓原女陰あらわに村眠り　　兜太

わが夏の髪に鋼《はがね》の香が立つと指からめつつ女《ひと》は言うなり　幸綱

金子　うん。マリアナ諸島がやられました後、武器も食糧も全部、補給路を断たれた。マリアナで切られてしまいますから。自給しなきゃならんということで、さっきのような手榴弾実験の死者を出すようなこともあったのですが、同時に食糧事情が詰まってきた。芋作りでしのごうということになった。その段階になって非常に暗い気持ちになってしまいましてね。こんなことを言い出すと長いのですが、何の防備もしてないんです。トラック島、連合艦隊基地の島がミッチェル機動隊に二日間連続爆撃されて、艦船二十隻以上、零戦が百何機。ラボールへの補給路をやられてるんですよ。全然抵抗できない。あんた、あの時期にですよ、連合艦隊の基地がわずかな機動部隊の襲撃に耐えられないって、そんな無防備なバカみたいな戦争がありますか。オレはもうそれだけでも腹が立ったんですけどね。

山本五十六《やまもといそろく》（一八八四〜一九四三）で日本はおしまいだと思ったのはそこからです。彼は相手をちゃんと計算して、戦略戦術を見抜いて、こちらの戦術を立てます。真珠湾攻撃なんて立派な戦争の仕方だと思うのですが、ああいう武将はもういない。もう、こんな状態じゃしようがない。果たせるかな日本は無防備。トラック島もしたがってダメで、黙ってアメリカの言うなりにやられて潰れてしまうだけだということになって、最後戦闘用の準備などをしてましたね。

あのころ、海軍は最後戦闘のときは「月桂冠」を飲むことになっていて、そいつだけ爆撃でぶっ壊れないように大事に穴の中に隠し入れているが、米は倉庫に入れたまま放ってある。アメリカは利口ですよ。ちゃんとどこに米の倉庫があるって知っているんだ。だものだから、米が全部やられました。それもあって食糧事情が急激に逼迫した。そういう実に無謀な戦争をしていたわけです。五十六から見たら「バカバカしい」って怒られちゃう。そんな状態だったのです。

そのときに、幸運かどうか知りませんが、私の上官に矢野兼武《やのそえむ》(一九〇二〜四四)という海軍主計中佐がいました。この人はペンネームが西村皎三《にしむらこうぞう》という有名な海軍詩人だったのです。その人が私が俳句を作っているのを知っていたんですな、どういうことでか知らんが。それで、「金子、こんな暗い状態だから、句会をやれ。ガリ版刷りの本も出せ」と言ってくれまして、私はそれをしばらくやりました。それも短期間ですけどね。それはいわば戦術としてやっているわけです。暗い空気を和ませるというか。上官がそういう人だったし。でも、私はとにかく俳句なんか作るもんじゃない。作ったら、柔《やわ》になると、そういう考え方でいたのです。だから、そのときに俳句

冬森を管楽器ゆく蕩児のごと　兜太

噴き出ずる花の林に炎えて立つ一本の幹、お前を抱《いだ》く　幸綱

をやめてしかるべきだったのです。

ところが、戦争から帰ってきて、例の二・一スト（一九四七）が目の前にありましてね。

黒田　かのゼネラル・ストライキ。

金子　あの時期に私は元の職場、日銀に戻ったのです。そのときも、職場に帰らないで、もっと直接、自由で平和な世の中をつくる道に進みたいと思っていて、実は私の父親なんかも私の様子を見てて、「お前、政治の世界に入れ」と言っていた。

佐佐木　政治の世界で成功されたかもしれませんね（笑）。

金子　いや。オレみたいな男は組織がダメなんです。一匹狼いや一匹猫なんだ。ああいう、組織を大事にしている世界ってダメです。私はわがままですから。実は労働組合の関係ももっと粘れば粘れたんですけど、自分中心にすっぽかしちゃったのはそれなんです。戦闘的リベラリストという自覚があったね。自分では戦闘的リベラリストだと今でも言ってますけど、絶対、組織はダメなんです。それでこんな人生になっちゃったんです。そういうことはあります。

二・一を横目で見ながら、紐付き退職の扱いだった職場の日銀に戻ったのです。戻ったら、職

場の暗いこと。身分制がしっかり残っていて、給料までそれによって決められているという世界を目のあたりにしましてね。労働協約もできていない。それは旧時代の企業の職場と同じだということで、私は組合運動に入ったのです。〈死にし骨は海に捨つべし沢庵噛む〉（『少年』一九五五）という句を作って、やるぞと、そんな気持ちだったんです。戦争からあの時期にも俳句を捨てる気持ちでいたんだが。

佐佐木　そのころ、毎月、（当時、所属しておられた結社誌の）「寒雷」に句は出しておられたのですか。

金子　そう。俳句ができちゃうんだ。これが自分で不思議でねえ。戦争中も、そう思っていながら、ま、一人になる時間もありますから、ある程度できちゃう。

戦後、日本に帰ってきた。日銀に戻った。そこでも俳句ができちゃうんだから、無理する必要はないと思っているうちに、組合運動で私なりに挫折して、また一人になるという状態になった。食うために日銀にいて、給料だけもらって俳句に専念するというかたちで自分で割り切った。しかしそんな自分に好意を寄せてくれる人もけっこういたこともあって、そこでまた俳句が復活し

粉屋が哭《な》く山を駈けおりてきた俺に　兜太

た。「できちゃう」という状態で、無理をしないできたお蔭で復活できたのです。だから、本当は私から俳句が離れてもおかしくはなかったのですが、そういう状態で続けたということです。

■俳句から離れなかった三つの理由・その2「秩父の風土に支えられた」

金子　これは個人的なことですが、組織の話とも関係しますが、なんで私が俳句から離れられない状態になっていたか、私という一庶民が十分な俳句環境もないのに俳句という世界にのめり込んでいったかということですが、その根っこに、いわば肉体的な条件があるわけです。私は肉体というのは風土が作ってくれるものだと思っていまして、今ではその風土のことを「産土《うぶすな》」と呼んでいますが、その肉体的な条件があって、それが私を、私の俳句を支えたんだということです。

その肉体的な条件とはどういうことかと申しますと、二つ、原因があります。昭和の初めに小学校に入って、ちょうど十五年戦争（一九三一年の柳条湖事件から一九四五年の無条件降伏まで）が私の少年期から青年期の時期でした。その時期に、いろいろな事情がございますので俳句に絞って申しますと、一つは、さっきちょっと申し上げましたように昭和六(一九三一)年に水原秋桜子が「自然の真と文芸上の真」という短い評論を書いて「ホトトギス」をやめた。「ホトトギス」の俳句はただ自然をありのままに書くだけのことであって、自然の模写のような俳句である、これでは耐えられない、自分の主観を投入して、自然というものをいろいろと見直して作りたいと、平たく言えばそういう意見で、そして「ホトトギス」をやめ、「馬酔木」に拠って、その主張を実践しようとした。そのとき、私の父親がちょうど秋桜子と獨逸《ドイツ》協会中学で一緒だったものですから、その関係もあって、また田舎っぺだから、「友達がやるんじゃオレもやるべえ」という妙な義侠心もありまして、「ホトトギス」では万年一句組だったが、そんなことは顧みず、秋桜子に協力して秩父に支部を作った。開業医ですから人は集まりやすい。その俳句会が私の肉体を作る上で役に立ったということが一つです。

佐佐木　お宅でなさったのですか、句会を。

金子　ええ、うちでやりました。農家をそのまま医院にしておりましたから、広間があって、「馬

果樹園がシャツ一枚の俺の孤島　兜太

竹は内部に純白の闇育て来ていま鳴れりその一つ一つの闇が　幸綱

酔木」の支部だということで、そこで句会を月に二回くらいやっていました。

そこに集まってくる人が全部、その当時は男で、しかも三、四十代の連中です。ほとんどが山仕事や畑作の農民です。当時、秩父では有本銘仙《ありもとめいせん》（一八九九～一九六六）という機屋《はた》のおやじが「ホトトギス」の会の筆頭でございまして、句会をやっていましたが、それに対して、父親の方に集まってきた連中は非常に不満だったのです。何だかおもしろくねえと。集まってきたのはそういう連中だということで、ある程度の知的なレベルを持っている青年たちです。しかも、労働をしていますから非常に野性的な人たちです。「知的労働」というものを背負った人間というか、知的野性の人間の姿を子供の目で見て、言葉は生だけれどそれに親しんだ。それが私の肉体を養ってくれたと思います。

戦後になって、私が俳句に戻ろうとしたとき、まず思い出したのは「俳句は人間を書くものだ」ということ。それは子供のころに見た知的野性の青年たちの姿、それに私が憧れていたということと、自分もそういう人間になりたいと思っていたということでしょうか。俳句の対象は人間だと私が思ったのはそれなんです。

佐佐木　お父様がされていた、その会に句をお出しになったことはあったのですか。

金子　ないです。小学校から中学のとき、見ていただけです。見ていて非常に面白かった。何か刺激的だったのは、さっき幸綱さんが言ったように、その句会は無記名で句を出して、選句をする。それも互選です。主宰だけの選じゃないですね。「ホトトギス」の選とは違うんです。みんなで選をする。そして、みんなで合評していました。これも当時の一般的な句会とは違っていた。「馬酔木」の句会ではそれをやっていたんですかね。それが新鮮な感じでした。恐らく青年たちが集まったのもその雰囲気がよかったからじゃないかな。自分でものが言えるということです。

しかも面白いことに、それが終わると必ず酒を出すんです。ここがまた旧態といえば旧態なので、「酒なくてなんのおのれが句会かな」が一つのスローガンになっておりました。母親がその準備をする。しかし、彼らは酒を飲むとケンカを始める。「おまえはさっきオレの句をけなしたじゃないか」「おめえのかどうか分かんねえ。名前が出てないんだから、しようがねえじゃねえか」というようなことなんですけどね。そうしているうちに「おめえはオレの女房に色目を使っ

わが湖《うみ》あり日蔭真暗な虎があり　兜太

泣くおまえ抱《いだ》けば髪に降る雪のこんこんとわが腕《かいな》に眠れ　幸綱

た。「太ぇ野郎だ」とか、全然関係のないことでケンカを始めるということになってくる（笑）。あっちこっちでケンカが始まるんですけど、その雰囲気が子供にはとても面白かった。そこに野性を感じるわけです。

唯一怒ったのは母親でございましてね。母親は「自分がこんなに準備して上げているのにすぐケンカをする。兜太、おまえは俳句なんか作っちゃダメだよ。俳句を作る人間は俳人、人、非、人と書いて人非人と読む。あんなものはみな人非人だから、おまえは作っちゃダメだよ」って、年中言われてた（笑）。私が旧制中学時代に俳句を作らなかったのはそういうことだったのですが、私の体に染みたのはそんなことではなくて、結果としては知的野性の男たちなんです。その知的野性というものが非常に貴重なものだという思いが自分の体に染み込んでまして、それが結局、俳句を私から離さなかった一つの理由です。事実上、句作を再開したときも、人間を俳句で詠みたいと思ったのもそれなんです。

佐佐木　軍隊では先輩の将校が俳句をなさったようなことですが、日銀ではそういう仲間はいなかったんですか。

金子　いないんです。みんな敬遠しちゃって、私を中心にしないんです。「ホトトギス」同人指導の句会があって、私の句は異端と見られていたから、私を軸にした句会を開くと、その会が全部、睨まれることになる。これはもう赴任地の福島、長崎、神戸、どこでも全部警戒されていました。

佐佐木　すると、配転でいろいろなところに行かれますが、そういうところでも銀行の中では俳句仲間はおられなかったのですか。

金子　全然。一人もいません。私は常に外でばかりやってました。外の会に私が出ていることに対しても、上の方ではきょろきょろしてましたけどね。ただ一度だけ、はっきり私が俳句をやっているのを認めたのは、私が神戸支店勤務のときに朝日新聞の神戸（阪神）版の俳句の選を引き受けたときです（一九五七）。そのときは支局長がやって来まして、「支店長にはオレが言うから、選をやってくれ」と言うんです。それじゃしようがないから、支局長に「支店長のところに行って、そう言ってくれ」と言ったら、銀行の支店長なんてジャーナリズムに弱いですから、「じゃ、おまえ、やれ」の一言です。それから私に対する支店長の目が違ったね。「このヤロー、

どれも口美し晩夏のジャズ一団　兜太

徳利《とっくり》の向こうは夜霧、大いなる闇よしとして秋の酒酣む　幸綱

ますます変なことをやってやがる」というような目付きだな。とにかくそれでやったんですけど、それ以外は全然、内に反映したことはないです。そういう状態でした。それが一つ。

今一つ。これはもう徹底的に私の体に俳句が沁み込んだのは、ちょうど昭和五（一九三〇）年に明治神宮遷座祭がありまして、各県から地方の民謡を一つずつ奉納しろということになった。埼玉県からは秩父がいいだろうということで、うちのおやじが県知事と親しかったものですから、「それじゃ引き受けた」と。それで今の「秩父音頭」を作り変えたわけです。昔のはすごい野卑な歌詞で、二つだけ覚えているのがあるので披露しますが、一つは「おめこ引っくりけえして中よく見れば色は紫どどめ色」、どどめ色とは桑の実の色です。それから「わせだわせだよ唐もろこしゃわせだ半年たたぬに毛が生えた」。これをたくさん収集した人がいた。

佐佐木　それをみんなで合唱するわけですか。

金子　一人が櫓《やぐら》の上で歌うんだ。

佐佐木　前の人がうたったのより、もっとすごい歌詞を歌うわけですね。

金子　そう。前のよりもすごいのをというので入れ替わり立ち替わり出てもらう。それに合

わせて櫓の周りでみんなが踊るんです。その踊りもまた、腰を思いきり屈めて前の女性のお尻を撫で上げるようなものだ。岩手県に行ったとき、同じように腰を屈めた踊りを見たので、「これは何と言うんだ」と聞いたら、「百姓踊りだ」と言ってました。要するに農家の作業から発生したもので、前かがみに腰を低くして、前の人のお尻をめくるような踊りでしたが、その踊りもうちのおやじたちが変えました。そういうふうに改造したものを毎晩毎晩練習してたんです。農家で庭がありますから、そこで。こっちは子供で、寝る間際になるとその歌が聞こえてくる。七七七五ですからね。とうとう五七調が身に沁みた。私の体は五七五の体になっちゃった。肉体に沁みついたわけですな（笑）。

この前の正岡子規国際俳句大賞授賞式のときご挨拶したんですけど、「私のアイデンティティが俳句だと、そんな尊大なことは言わん。俳句のアイデンティティとして私が存在する」と。どっちも同じようなことかもしれませんが、そういう冗談を言ったら、みんな笑ってましたが、本当に私は子供のころから俳句になっちゃったんです。俳句なしには生きてられねえというか、どんなに自分では頭の中でやめようと思ってもやめられない。その二つの理由で私はついに俳句をや

「海程」創刊

潮かぶる家に耳冴え海の始め　兜太

火を運ぶ一人の男、あかねさす真昼間深きその孤独はや　幸綱

めなかったということです。長いおしゃべりをして申し訳ないです。

佐佐木　やっぱり俳句が合ってたんでしょうね、体や呼吸に。

金子　ええ。ぴったりなんです。俳句に縁もないような一庶民は、「心の花」一家のような、あるいは飯田龍太のところみたいな家柄のない生まれの俳人はみな、こんなかたちで出てくるのが普通なのです。これほど根の深いものでなく、もっとあっさりしていると思うが、このくらいの土壌から育ってきた子供がいて、それが俳句をやるようになれば、まあ、けっこうサマになる俳句が作れるんだという一つの例だと思うんです。幼児体験がかなり影響しているということですね。

佐佐木　兜太さんのお仲間といいますか、大正年代生まれの優れた方たちがたくさんおられますね。龍太さんは別として、その他の人たちはみんなそういうかたちで、ほとんど俳句に関係ない人たちが俳句を好きになられたわけでしょう。

金子　そうだと思います。佐藤鬼房《さとうおにふさ》（一九一九～二〇〇二）のお父さんは馬車を引いていた人です、荷車を。三橋敏雄《みつはしとしお》（一九二〇～二〇〇一）はお父さんが俳句をやっていたか。鈴木六林男《すずきむりお》（一

九一九〜二〇〇四）もお父さんは俳句と無関係。原子公平《はらここうへい》（一九一九〜二〇〇四）や沢木欣一《さわききんいち》（一九一九〜二〇〇一）も。

佐佐木　今、個人的なことを伺ったのですが、昭和の一桁くらいに青春時代を送った人たちに何か共通するものがあったんじゃないですか、文芸に対する憧れみたいなものが。

金子　はい。おっしゃる趣旨は分かります。私のことを一般化して考えますと、まず農山村の貧しさがあります。ご承知のように当時は農山漁村が非常に貧しかった。そういう土地に育った多感な人間が表現をもとめてゆくときおのずから五七調体質を持つというか、抒情型式としては五七調がいちばんなじみやすいということは言えませんか。農山漁村の風土が五七調を根付かせたという言い方ができませんかねえ。私はそう思っているんですが。

佐佐木　さっき名前があがった方以外にも、石原八束《いしはらやつか》（一九一九〜九八）さんなど、大正の半ばに生まれた方々がたくさんおられて、層が厚いですね。共通して何か青春時代に俳句にインパクトを感じる機会があったんじゃないですか。

金子　ええ、あるんです。少なくも都会の大金持ちの家に生まれた人間はいないと思ってい

無神の旅あかつき岬をマッチで燃し　兜太

戦わぬ男淋しも昼の陽にぼうっと立っている夏の梅　幸綱

ます。大体、田舎者です。八束は金持ちの子ですが、お父さんが山梨県出身です。五七五七七は公家の世界にあったが、五七五は地下《じげ》の土壌に育つ。私の場合はおやじが医者だから、直接的に貧しさを知らなかったが、家の周りの農村の貧しさはひどかった。集団で満州移民になんかも行ってますからね。繭の値段がダメになった。秩父は困民党の土壌だ。そういう状態でした。

佐佐木　一方では、さっきの結社の話とも重なるかもしれませんが、財界の人とか、大金持ちとか、道楽で俳句をやりますね。

金子　ええ。そうなんです。道楽でやっていて、できあがった結社が気に入って入ってくる人にそういう政治家や実業家がいるのです。それから、「ホトトギス」同人の西山泊雲のような地方の大醸造家、そういう人たちが入ってきた。でも、そういう連中にははじめから作るという空気はなかったんじゃないでしょうか。お父さんが作っていた人などは別でしょうけど。どうもそう思いますよ。もともとの原点を見ると、俳句の原点というのは違うと思うのです。

黒田　金子さんの場合は一九一九年、イックイック（一句一句）、つまり俳句の年に生まれて、その五七調のかたまりが肉体だということですから。

佐佐木　運命だな（笑）。

黒田　運命なんだけれども、普通の、職場で俳句会があったから始めたとか、そういうケースと違って、この方はずうっといわゆる単独者ですね。職場では金子さんと口をきくと危険だという環境もあった訳ですし。孤立者です。

■俳句から離れなかった三つの理由・その3「出沢《でざわ》珊太郎《さんたろう》との出会い」

金子　そう、ずっと単独です。それから、さっき一言言い忘れたが、母親から禁じられていた俳句に踏み切った理由がまた一つ、ある。それは全く同じ基盤です。よく書いているのでご承知かと思いますが、水戸高で出沢《でざわ》珊太郎《さんたろう》（一九一七〜八五）という一年上級の先輩と出会ったこと。出沢珊太郎という人物はまさに土俗の固まりみたいな男でした。お父さんが星製薬を作った人、星一《ほしはじめ》（一八七三〜一九五一）です。福島の農家の出ですね。非常に泥臭い男でしたけれど、ものすごい才能を持っていた。酒好きで、学校に出なくても、つねに学業優秀というすげえ男でした。

> 霧の村石を投《ほ》うらば父母散らん　　兜太

河上へ矢印なして雁《かり》は行く、帰らんために行くも喜び　幸綱

私はその俳句にも惚れたけれど、ともかく人間に惚れちゃって、学校へ行ってもあまり授業には出ないで、金魚のウンコみたいにこの人のあとばかりついて歩いてました。そういう関係が私を俳句に引き込んでしまいましたね。

藤原　ところで、出沢珊太郎は星新一《ほししんいち》（小説家、一九二六〜九七）とは兄弟ですか。

金子　義兄弟です。新一が星一の正妻の子供で、珊太郎は恋人の子です。その恋人の正体が分からない。星新一のことを書いた最相葉月《さいしょうはづき》（一九六三〜）さんが私のところにも何遍も尋ねにきましたが……。出沢が大学を出て陸軍に入隊するというとき、お父さんの一に「自分もこれで最後になるかもしれないから、自分の実の母を教えてくれ」と言ったんだが、一は最後まで教えなかった。それがずっと出沢には残っていて、彼が酒を飲んだときなど、よくそのことを言ってました。「母親のことはついに教えてくれずにおやじは死んだ」と。

藤原　鶴見和子さんのお話では、彼女は小さいころ、（母方の祖父）後藤新平《ごとうしんぺい》（政治家、一八五七〜一九二九）の家に住んでましたから、星が毎日のように訪ねて来たというのです。星ちゃんが来た、星ちゃんが来たと、そういう話をしておられました。星一は星製薬をつくるわけですが、そのときは

後藤新平の肝煎りで、そうとう世話になったようです。

金子　星製薬を創設した男です。

藤原　信綱先生と後藤新平は顔を合わせていたかも分かりませんね。

黒田　信綱先生は当時、もう新しいお弟子はおとりになられなかったのですが、和子さんのお父様の鶴見祐輔（政治家・著述家、一八四五～一九七三）さんがお願いに上がったところ、後藤新平伯の孫だということで、特別に入門が許可されたと和子さんが書いておられます。

金子　話を戻しますと、私は出沢に誘われて、吉田《よしだ》両耳《りょうじ》、長谷川《はせがわ》朝暮《ちょうぼ》両教授の句会に出席し、〈白梅や老子無心の旅に住む〉を初めて作りました。竹下《たけした》しづの女《じょ》（一八八七～一九五一）の「成層圏」句会の常連にもなりました。

だから、三つです。土俗が私を俳句に結びつけた。俳句をアイデンティティにしてしまった。先輩俳人に惚れ込んだ。これがしかし、典型的な俳人の出方なんじゃないでしょうか。で、こういう俳人は強いです。ちょっとやそっとのことじゃ挫《くじ》けません。

三日月がめそめそといる米の飯　　兜太

俺らしくないなないないなとポストまで小さき息子を片手に抱いて　幸綱

■同人誌「海程」の創刊

佐佐木　そういう単独者の自覚を深く持っておられただけに、「海程」を立ち上げるときは格別な決心があったのだと思いますが。

金子　ええ。あれも今だから言えるんだが、片倉《かたくら》チッカリンの社長、鷲見流一《すみりゅういち》さん、ペンネームでして、私につけてくれと言うからつけたんです。「会社の社長といったって流れ者だ」と言っているから、「流一というペンネームはどうですか」と言ったら、「ああ、それはおもしろいや、ハハハ」と言ったのを覚えている。その人が、私が角川書店の「俳句」に書いた「造型俳句六章」（一九六一・一〜、六回）を読んで感心してくれましてね。俳句に興味のある人で、それとチッカリンがやや左前になりかけてた時期でして、「あれを読んで励まされた。特にあんたの〈朝はじまる海へ突込む鷗の死〉、死んで生きるというこの句は、今のオレの心境に似ている」とえらい感激してくれて、私を自宅に呼んでくれ、えらい御馳走をしてくれた。

帰りしなに「オレは今、あんたの俳句に感心しているから、あんたに俳句の雑誌を出すことを奨めたい」と、こう言うんです。それはありがたい話で、「私もおぼろにはそんなことも思っていましたが」と言ったら、「やってくれ」と言って、忘れもしません、昭和三十六（一九六一）年でしたか、雑誌を出したのが翌三十七年ですが、あのとき私に三十万円、現金でポンと寄越したんです。「これで金子さん、出してくれ」と。こっちも喜んじゃってね。そのうちのかなりの部分をその晩、飲んだりなんかして（笑）。

それから堀葦男《ほりあしお》（一九一六〜九三）という私の一年先輩の男に、関西にいる時代に親しかったから、相談したら、「金子君、やろうじゃないか。ただし、約束してくれ。俳句は五七五で作る。自由律はいかん。これでやろう」と。そして、「俳句で伝統と言われることはすべて五七五のこの型式から出てきている。五七五以外のことはすべて属性である。伝統じゃない」と、これは私の言葉なんですけど、彼はそういう趣旨のことを言って、「金子君、それでやろうじゃないか」と言うから、「ああ、オレも賛成だ」と。それでやった。

佐佐木　そのときに、手本にする雑誌とか、あるいはああはなりたくないと反面教師として

人体冷えて東北白い花盛り　　兜太

帆のごとく過去をぞ張りてゆくほかなき男の沼を君は信じるか　幸綱

意識された雑誌はありましたか。

金子　全然なかったです。全くなかったです。当時、高浜虚子のスローガンの有季定型を掲げて六〇年安保の後、昭和三十六（一九六一）年十二月に「俳人協会」が発足したので、先輩の新興俳句の俳人たちがみんな「現俳協（現代俳句協会）」から離れて俳人協会へ行ってしまった。そういう点で非常に激しい孤立感を感じた。と同時に抵抗感を感じたから、もう何もモデルにしない。とにかく梁山泊《りょうざんぱく》に立て籠るつもりで自分の雑誌を出して、自分たちの俳句を作っていこうじゃないかと、こういうことだったです。

佐佐木　あのころ、今思い出して不思議なのは、まだ新興俳句の方々、かなりたくさんおられたんだけれど、みんな黙っちゃったんですね。

金子　実は私たちの先輩の新興俳句の人たちが現代俳句協会を作ったんです。にもかかわらず、みんな俳人協会へ行っちゃって、残ったのは加藤楸邨《かとうしゅうそん》（一九〇五～九三）先生と中島斌雄《なかじまたけお》（一九〇八～八八）先生だけです。なぜ残ったかといったら、俳人協会の連中に嫌われたから（笑）。まあ、楸邨先生は「自分の弟子たちが現俳協にいるから、オレは現俳協に行くよ」とおっしゃってましたが、そういうかたちでした。これは孤立した状態で、やらざるをえないでしょう。だから、やったのです。だから、モデルなし。

佐佐木　出発は四十二、三歳ですね。

金子　はい、そうでございます。

佐佐木　あのころ同年配の方々はすでにみんな雑誌を持っていたのですか。

金子　いや、そうでもなかった。鬼房も六林男も持ってなかったし、三橋君は最後まで持たなかったね。

黒田　あったのは沢木欣一さんの「風」だけでしょう。最初は同人誌で。

金子　そう。あいつだけ。それまでの同人誌を切り替えて主宰誌にした。

黒田　金子さんは「風」をやめて、「海程」を作られたんですね。

金子　そうです。

黒田　金子さんは岩波新書から『わが戦後俳句史』(一九八五)を出しておられるんです。でもね、樺美智子《かんばみちこ》(一九三七〜六〇)の死のところで終わっているんです。日比谷公会堂での国民葬のと

米は土に雀は泥に埋まる地誌　兜太

父として幼き者は見上げ居りねがわくは金色《こんじき》の獅子とうつれよ　幸綱

ころまでしか書いておられない。

金子　ええ。歌人の岡井隆《おかいたかし》（一九二八〜）から、「これから後が問題なんだよなあ」と言われたのを覚えてます。そんな状態ですから、本当にモデルなしで、裸で、鷲見さんの義侠心みたいなものに飛びついて出しちゃったというのが本当のところです。

佐佐木　創刊間もなくのころ、同人会を開かれたり、運営の仕方が新しいかたちだったですね。お考えだったんですね。

金子　そうです。同人誌で出発しました。鷲見さんは、私が主宰になって、投句者を集めてと、いわゆる主宰誌です。ところが、私は同人誌を出した。しかも二十数人の同人誌ですから、非常にご不満だったことを覚えてます。もうそのときから、鷲見さん、ちょっと私に対して距離を置いてましたね。だから、われわれは自力で、手探りで始めたというのが実際の状態でした。

それから、おっしゃるように同人誌がたくさんあった時期ですから、同人誌ってのは私の頭の中で特別のものではなかった。それでやりました。その後に、ある時期が来て、主宰誌に切り替えるわけです。

佐佐木　十周年のときでしたか、上野でなさった会がありましたね。僕も呼んでいただいた。そのときに同人会をチラッと外側から見たようなおぼえがあります。

金子　私の「海程」という雑誌は、一人の庶民が俳句をやって作り上げた雑誌の典型的な姿だと思いますね。最初、同人誌で少数者で始めて、ある時期から主宰誌に切り替えた。いちおう会員に自信も出て来たということもありましたが、同時に同人誌だとみんな放埒に作りますね。まったく群盗の集まりみたいな雑誌になってしまって、亡くなった阿部完市《あべかんいち》（一九二八〜二〇〇九）が当時、地方を回って帰ってきて、「金子先生、やっぱり主宰誌でなきゃダメだよ」って、あの男がそう言ってくれましてね。あの自由な男がそう言うんだから、これは本当かも知れないと、それで切り替えを考えた。

佐佐木　阿部さんは初期のころから、がんばっておられましたね。俳句は難解でしたが。

金子　あの人もわりあいはじめのころの同人です。私が今思うのは、同人誌から主宰誌というかたちもスムースだと思います。ずーっと同人誌でいる雑誌はどこか半端というか、何か問題が残るような気がするんです。「豈《あに》」（一九八〇年創刊）も同人誌ですね。あれもずーっと同人誌

涙なし蝶かんかんと触れ合いて　兜太

傘を振り雫はらえば家の奥に父祖たちか低き「おかえり」の声　幸綱

で来ているんだが。

黒田　自由と言っていることで、かえって一人一人のスタンスがはっきりしてこないかもしれない。

金子　そうですね。俳句という短詩型の世界ではやはり主宰誌でないと何かばらばらになる。さっき「スローガンに弱い」と言いましたが、そういう面もありますから、ある程度、指導性を持たないと作者がばらばらになってしまうんです、作風が。

黒田　「海程」のスローガンは何でしたか。

金子　「古き良きものに現代を生かす」です。これが中心のスローガンです。これにもエピソードがありまして、最初の（大会の）ときに楸邨先生が来られて、挨拶をしていただいたのですが、そのときに先生が「古き良きものを」ととられて、「これは大賛成である」と言って演説してくれたんですよ。それで困っちゃったんですけどねえ（笑）。飛び出して、「に」と「を」じゃえらい違いだと言おうと思ったけれど、言えなくていたんです。そうしたら、一緒に来られていた先生の奥さんが、「あなた、〈を〉じゃないですよ、〈に〉ですよ。良きものに生かすんですよ」と言ってくれた。でも、あの先生だから、「そうか、ハハハ」で帰っちゃった。訂正しないんだ。そんなエピソードもありました。「古き良きものに、」です。だから、伝統を無視するということではなかったんですけどね。

それと、さっきの「五七五こそ屈強の伝統である」という、この信念は今でも変わっておりません。

黒田　金子さんのずっと歩いてこられた道は、それを望まれたのでしょうけれど、孤独ですね。

金子　まあ、孤独でしたが、正直なところ、それも感じませんでしたね。ひたすら歩んできたと。

黒田　あと数年で「海程」も五十周年ですね。

金子　三年後かな。

■秩父人気質

藤原　ちょっとここで秩父困民党のことでお話を伺いたいのですが。「秩父魂」ということです。秩父困民党という組織を形成したということについて。

犬一猫二われら三人被爆せず　兜太

春の土を掘る傍らに鶺鴒《せきれい》が天降《あまくだ》り来て光撒《ま》くなり　幸綱

金子　私の尊敬する井上幸治《いのうえこうじ》（一九一〇～八九）先生が書かれた『秩父事件』（一九六八）ですが、ご承知のように最初に蜂起するだけで農民中心に三千人集まったんですが、その中心は秩父困民党です。その秩父困民党の中にさらに芯がありました。いわゆる秩父の自由党、自由党秩父支部です。特に中心が井上伝蔵《いのうえでんぞう》（一八五四～一九一八）というインテリですけれど、彼らは自由党の党是、党の原則を非常にしっかり理解して、これを生かそうと努力した。自由とは何ぞやということについてしっかりした認識を求めた。その周りの農家の人たちが、彼の人柄や主張に惚れたという面もあったでしょうが、秩父困民党を結成した。この秩父困民党の連中の気質、それは今、あなたのおっしゃる、まさにその気質です。秩父魂。そこのところを井上先生がきちんと見分けておられました。秩父人の気質というものを見て、それが非常に組織形成に大きな力になったということと、同時に、伝蔵のような人たちは「自由党の精神に則って起こった一揆である」ということを後世に知らしめたいという思いがあって、何かそれを残してないか、ずいぶん探しておられました。どこかに埋めたものがあったんです。それに書いたものがあるとかないとか言ってましたけどね。それを幸治先生は一生懸命探しておられました。そういう芯があって困民党ができている。

藤原　だから、秩父の生まれ育ちであるということ、金子兜太の現在はそこを抜きにしてはないんじゃないでしょうか。

金子　そうですね。でも、あまり特殊化はできないと思います。南の空を脊梁山脈に限られた私の言い方で山影情念。その激しやすさ、そして侠気、それが共通する特性だという感じもいたしますけど。いろいろ政治的な圧力の問題もあるんですけれど、自発的に起こる部分があるわけです。その自発力を養ったという点ではおっしゃるとおりでしょう。とにかく、中心の自由党員がよかったということが一つ、あるんですよ。

藤原　秩父事件の中心になった人たちの世界観、世界認識がすごいですね。

金子　すごいです。あれ、本当に自由主義とか民主主義を理解しているんですよ。田舎に居ながらきちんとね。その理解力と侠気に惚れて（農民たちが）集まってきたという面もある。その連中の気質が非常によかったということ、あなたのおっしゃるように。でも、どうでしょうか。その点は確かに秩父だけの特殊な根源を持っていると言えるような言えないような、難しいとこ

夕狩《ゆうがり》の野の水たまりこそ黒瞳《くろめ》　兜太

ろですね。井上先生はそこのところを明証したいというお考えのようですね。だから、その点はあなたと問題意識が似ていたでしょう。

黒田　伝蔵さんは俳句を作っていたんですね。北海道へ逃げて、ずっと。伝蔵のことを書かれた俳人の中嶋《なかじま》鬼谷《きこく》（一九三九〜）さんの著作を通して私たちは事実を知っているのですが。

佐佐木　秩父は山の中と言いながら、非常に文化的なレベルの高いところですね。

金子　そうです。江戸のリゾート地だった。黒田さんが今、継続的に辿り巡っている秩父三十四番観音札所なんて江戸の連中の好みなんですよ。

黒田　西国、坂東、合わせて百観音結願の地ですから、ともかく人が大勢来たんですね。

金子　だから、いろいろな俳句関係の文献も残っています。田舎歌舞伎が二座あって、人形劇が一座か二座あって、今も残ってます。

黒田　決してただの山村ではない。日本のすみずみを吟遊しつつ歩いてゆくほどにそう思います。金子さんの産土の秩父は実に味わい深い風土なんですね。

金子　文化性を持っておった。ま、文化性がなきゃ、そうインテリは出ませんから。

黒田　札所、芸能、生糸とか、みんな揃ってたのでしょう。

金子　ええ。ただ、伝蔵さんみたいな問屋のような商業をやっている人はお金を貯える術を知ってます。横浜の糸相場が揺れて、繭の値が上下しているが、上がっているときは貯えるということを覚えていたのです。ところが、農家のほとんどは貯えるということを知らなかった。だから、儲かるとそれで村芝居をやったり博打をやったり。うんと博打がはやった。そういう状態でしたから、貯えを知らない農民たちは没落するんです。よかったときにうーんと使い過ぎてバターンといっちゃって、身代限りになってしまう。さっきの中嶋鬼谷さんも身代限りになった家の子孫です。その連中が立ち上がった。それを官が高利貸とともに救えばよかったが、一人も救うやつがいなかった。それで怒った。みんな娘を売って暮らすということになりますから。そこから来るんだ。横浜の糸相場で振り回されている繭というやつが曲者だったんじゃないかな。相場師がいて、繭仲買人が私のおじにもいましたけど、悪いことをしてるんですよ。秩父事件には賭場の親玉が参加しているんです。農民のためにやっちゃえって、いろいろな連中が来るわけです。

■父・伊昔紅の思い出、水戸高校の思い出

佐佐木　お父様のことをもうすこしお話し下さい。

金子　開業医でしたが、ともかく付近は貧しかったんです、そういうこともあってね。国民健康保険制度ができるまでがたいへんでした。あの制度以降、現金の収入が確保されました。それまでは医療費をかなりの患家が払わない。

黒田　医療費が払えないからって石を持ってこられるんですって。金子さんのご生家の庭は石だらけよ（笑）。

金子　行ってごらんいただくと分かるのですが、石ころだの木だのがたくさんあるんです。安物や、変な骨董品が。それはみんな薬代の代わりに持ってきたものだ。もらうよりも運ぶのがたいへんだった（笑）。おやじはニヤニヤしてましたけどね。それと、私のおやじが割合に磊落《らいらく》な男で、「まあ、なくてもいいよ」くらいのことは言ってたんでしょうね。「払えなければ払わなくてもいい」とか、「鮎でも持って来い」とか、「トウモロコシでいいよ」とか。そういうことなんです。おふくろが悲鳴を上げてました。国民健康保険で助かりました。少年期はそういう環境で育ちましたから、貧しさというのは身に沁みていた。だから、戦争というのも私の中では半分以上、肯定的だったんです。戦争で救われると秩父の人はみな思っていたのです。負けるという思いがない。勝つと思ってる。子供もそう思っていました。でも、理屈では戦争には反対で、両方がこんがらがって変な気持ちのまま、戦地に行ったということです。

佐佐木　お父様は「医者を継げ」ということは全く言われなかったのですか。

金子　一言も言わない。

黒田　不思議ですよね。普通はおっしゃるでしょう、ご長男なのですから。

金子　おやじも医者になるのがいやで、なった人だから。お寺の小僧を二年ほどしてたんだけど、出来のいい子だったものだから、親族会議で、こいつを医者にして、貧乏な親族の柱になってくれということで、みんなでカネを出して獨協にやった。獨協は医者の学校です。当時は九大と東大と振り分けるんです。親戚はどっちかに行くだろうと思って期待していたが何の連絡も来ない。どうしたんだろうと思ったら、早稲田大学から合格通知が来た(笑)。それでおったまげて、呼び出して、こんこんと説諭したものだから、とうとうおやじも折れて、それじゃ医者になろうと。でも、もう入れる学校がない。探せということで探したら、穴の空いている医者の専門学校が全国で二つあった。その一つが京都府立医専。今は医大。そこへ潜り込んだ。その後もずっと医者は嫌いで、年中、応援団長をして京都の町を裸で歩いていた。そんなことばかりしていたものですから、とうとう上海に東亜同文書院(当時)の校医として行くことになった。それだから、私が「医者になるのはいやだ」と言ったら、「ああ、ならなくていい。おめえ、好きなことをやれ」と。そういう経緯なんです。

黒田　お父様の伊昔紅という方は非常に平等主義だったらしくて、漢詩も教えておられたとき、だれのことも拒まないで参加させたらしい。きっと、すごく平等な家なのでは。

金子　父の俳号のイセキコウは「伊昔紅顔美少年《いせきこうがんびしょうねん》」という、劉廷芝《りゅうていし》の漢詩「代悲白頭翁」から取っています。

黒田　お父様がそういうお方だから、兜太、千侍《せんじ》……。お子様にはみな、独特のお名前をつけておられますね。先生が九十歳でご長男。男女六名のごきょうだい、全員ご健在です。

金子　熊谷中学へは、皆野から熊谷まで毎日、電車で往復二時間、通ってました。水戸高校は全寮制でした。文乙でしたから、たしか一クラス二十五人でした。文甲は二十五人が二クラスあって五十人。文科はそれだけでした。一学年七十五人です。

佐佐木　金子さんは中学は熊谷で、高校は水戸高ですね。どうしてですか。

金子　それは私は浦和高校が嫌いだったからです（笑）。あんな特徴の見えないところは行きたくない。それで水戸を選んだんです。思想は違いますけれど藤田東湖《ふじたとうこ》（幕末期の政治家・思想家、一八〇六～五五）の伝統がありますからね。東湖の思想にはあまり興味はないが、水戸は硬骨の世界ですから。それで選んだんです。それが出沢珊太郎との出会いになった。

藤原　水戸高に行かれて、よかったですか。

金子　うーん、あまりよかったとも悪かったとも言えませんねえ。どうってことはなかった。ただ雰囲気は、浦和のようなあんなやわやわしたところに行かなくてよかったという思いが今でもありますね。なぜそんなことを言うかというと、熊谷中学から浦高に行くのも幾人かいたんです。そういうのがときどき帰って来るんですが、その人たちを見るとどうも自分とは違う（笑）。こんな人たちと一緒になるのはいやだと思ったんです。

藤原　水戸高校にはやはり水戸学の流れがありましたか。

金子　ございました。牢固たる右翼の流れがあって、一方で、ああいうところはそうですが、非常にラディカルな革新主義者も学生にいました。そういう点は鮮明なところでした。

藤原　先生にとっては東大の時代よりも水戸高校のほうが思い出が深いんでしょうか。珊太郎さんと出会ったし。

金子　微妙ですねえ。同じような感じです。中身が違うという感じです。東京の場合ももっぱら俳句三昧だったですから。さっき言いましたように出沢が一年先輩で来ていますから、彼の後をついて回ってました。香西照雄《こうざいてるお》（一九一七〜八七）とか文学青年がたくさんいます。それから中村草田男《なかむらくさたお》（一九〇一〜八三）、加藤楸邨に出会う。やはり東京のほうが豊かだったのかなあ。

II　アニミズムと人間

第一日――二〇〇九年二十九日

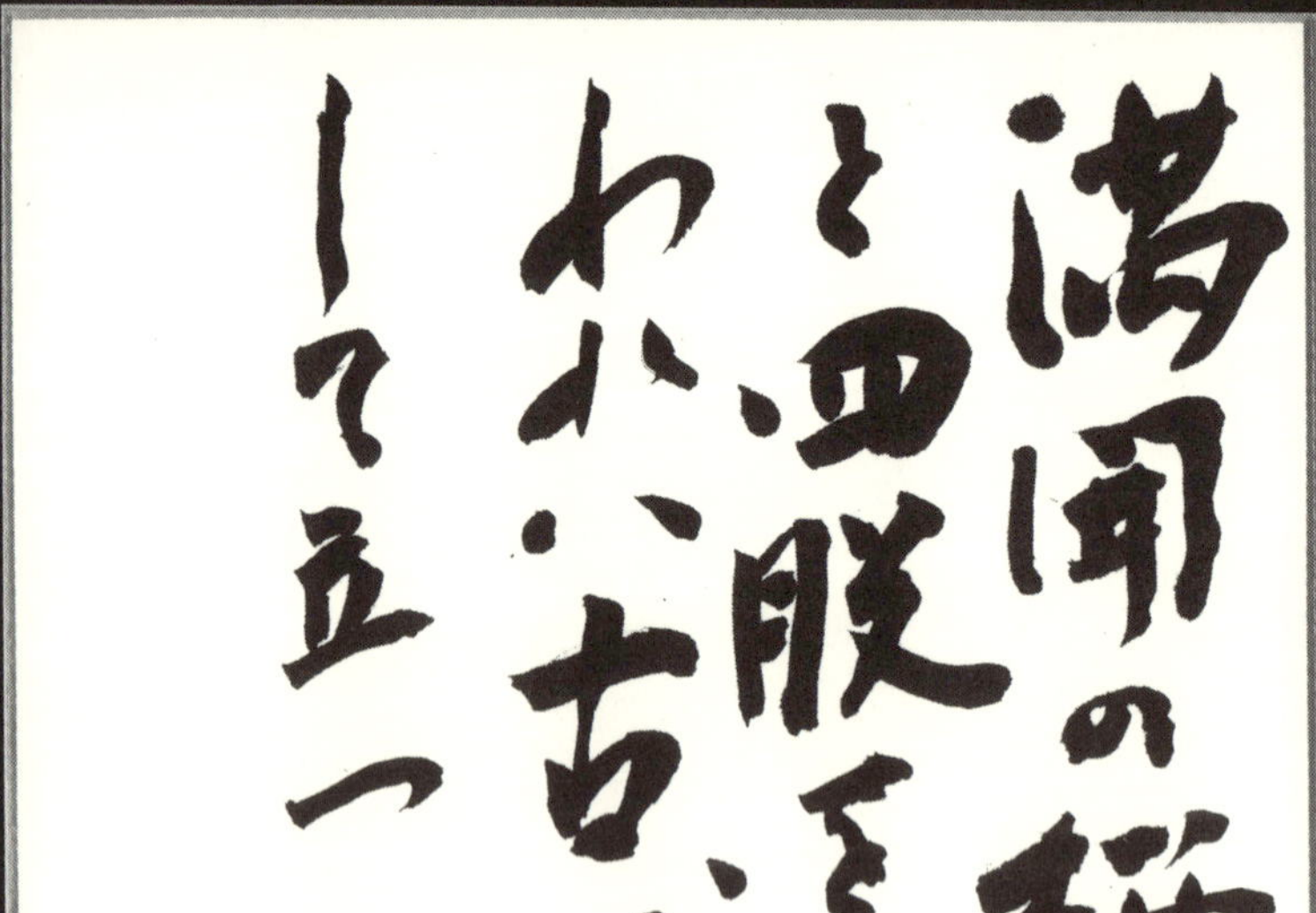

満開の桜ずずんと四股を踏み、われは古代の王として立つ　　幸綱

■アニミズム、それは生きもの感覚

金子　そろそろこの辺でアニミズムの話に入りませんか。オレが今考えていることで、割合熟させてきたのがあるんだ。それをちょっと申し上げますので、ひとつテストしてください。なるべく簡略に申します。今回は和歌と俳句の話をしてほしいと言われていますが、それも含めて、オレは今、こういうことを考えているんです。

まず、俳句ということについて。

俳句が欧米に広まって評判になった時期が二回ありますね。第一次大戦後と今度の第二次大戦後と。第一次大戦後のとき、これは鶴見和子さんとの対談のとき（『米寿快談』二〇〇六、藤原書店）に申し上げたのですが、フランス人のクーシュ（ポール・ルイ・クーシュ、一八七九〜一九五九）の言った言葉で、「俳句というのは叙情的寸鉄詩である」、エピグラムというやつです。皮肉とか諧謔とかを弄する詩である。叙情を基本とした、叙情的寸鉄詩である。私はこの言葉を多としていて、和子さんとのときもそのことを申し上げたのです。俳句の特性は一言で言えばそういうことだと思っていたのです。

ところが、その後、ずっと考えていまして、逆ではないかと最近、思っています。俳句は寸鉄

祖父・父・我・我・息子・孫、唱うれば「我」という語の思わぬ軽さ　幸綱

的叙情詩だと。

俳句を叙情詩というかたちで大きくまとめることにいろいろ問題があって、これもぜひ幸綱さんの意見を聞きたいと思いますが、私は寸鉄詩というふうにまとめないで叙情詩としてまとめたい。その特徴は寸鉄的叙情詩。諧謔とか滑稽とか挨拶とか、そういうものをさまざまに含めた、いわゆる俳諧の世界。あの中世に実った和歌から引き継いで地下《じげ》（いわゆる庶民）に拡がった連歌の世界、あの世界の中身を俳諧の連歌と一言で言わせてもらって、それを特徴とする叙情詩であると、そういうふうに俳句を言いたくなっているんです、最近は。

その理由はどうかというと、この考え方を私に持たせてくれたのも芭蕉だったんですけれど、こういうことが言えないでしょうか。「和歌の連歌」から「俳諧の連歌」に移るときは——、確かに基本的には心の表現ということを連歌でやる。和歌の世界はどういうかたちをとるにしても、それが軸だったと思うのですが、それが庶民の中で広まるにつれて、その心の世界をもろに連歌でうたうのではなくて、連歌というのは複数で、連衆でやりますから、心の世界を相手にどう伝えるかという工夫に傾いた。それが庶民の世界に移るにつれてさまざまに工夫されて、内面の問

題より伝達の問題が中心になった。これが大きな変化であって、それをテコにして庶民に広がった。だから、俳諧の連歌に移ったとき、心から伝達へ移った。伝達方式をさまざまに工夫した。そういうふうに私は思うのです。

芭蕉に至るまでの間は、さまざまに工夫された伝達方式のほうが中心だった。その伝達方式は滑稽と諧謔が中心になっていますから、これは寸鉄の世界です。そのときは寸鉄詩という言い方でよかったと思うのですが、芭蕉が登場してから、芭蕉は心の世界を大事にしはじめた。特に「野ざらし」(紀行の旅)に出る前に宝井其角《たからいきかく》(一六六一〜一七〇七)が中心になって作った合同句集『虚栗《みなしぐり》』(一六八三)の世界に対して芭蕉がかなりに揶揄的な序文を書いています。あれからみても分かるように、芭蕉には「伝達方式としての諧謔とか滑稽なんてものを中心に置くのは下の下の世界だ。いわば江戸の知識人の頭の中の遊びになってしまう。本当の詩の世界ではない。心の世界を書きたい」という思いがあったと思う。芭蕉は、その心の世界をどう書くかというテーマを掲げて「野ざらし」に出た。私はこう見るのです。そのときに芭蕉が認識したのは即物の世界であった。ものに直《じか》に触れていく。ものに直に触れることによって自分の心の世界が滑らかに

谷に鯉もみ合う夜の歓喜かな　　兜太

『東歌』を脱稿したり、うっとりと望遠鏡の中の満月　幸綱

つながり拡がる。そういうことを彼は悟ったと思うのです。

現代短歌は違うだろうけれど、少なくともそのころまでの短歌はいわば相対世界として心を扱うのではなくて絶対世界として扱っているという印象を私は持つのですが、それに対して、相対的にものとの関係で心の世界を書く。とにかく心の世界を書くということが先で、伝達としての俳諧を書くのは本命ではない。これは隠し味である、あるいは添え味であるという考え方が芭蕉に熟したと思うのです。そこから即物によってものに触れ、そこに自分の心を再現したい。そのときの心とものとの接点を何でやるか。その有力な拠りどころが季語だ。当時で言えば季題だと、そういう考え方を芭蕉は持ったと私は思っているのです。これにはいろいろな意見があるでしょうが、現在、私はそう思っています。即物ということによってその接点を捉えるというところ、そのときから俳句というものは叙情的寸鉄詩ではなくなって、寸鉄的叙情詩へと変わった。これが私の意見です。

そこから私の場合は問題が出てくるのですが、そう変わったとき、ものへの触れ方の基本的な心の動きが「アニミズム」だと言いたいと、こう思うのです。ご承知の服部《はっとり》土芳《どほう》（一六五七〜

一七三〇）の俳論『三冊子《さんぞうし》』（一七〇二成立）、このころが芭蕉のものと心のバランスの問題についての表現がほぼ出来上がった時期だと見ていますが、あの『三冊子』の中の「物の微と情の誠」。物の非常に細かいところに心が触れたとき、心の誠が伝わって、ここで表現が熟するという「物の微と情の誠」というテーゼですね。学者が語ってくれていることを私が借用しているわけですが、『三冊子』に出てくるあそこが芭蕉の表現論の一応の完成体だと見ます。ただ、その実践は容易にはできないので、芭蕉は「軽み」にこだわったが、結局、「軽み」が達成できないで死んでしまった。こう思っております。

「物の微と情の誠」ということは、私がその後、一茶の句を見ていて浮かんできたのですが、物の微に心の誠が触れているという触れ方の基本に、私の言葉で言えば「生きもの感覚」というのがある。この生きもの感覚で対象に触れたときに心の誠が情の微と触れ合える。その「生きもの感覚」で、物の微に心の誠が触れたときにできてくるものを自然感、物象感という言い方で呼べないだろうかということまでは、かつて幸綱さんとの対談で申し上げて、そこは幸綱さんの賛同も得たのです。言ってもよかろうということだったのですが、その自然感と物象感といえる触

二十のテレビにスタートダッシュの黒人ばかり　兜太

ただに大きく四角くクレヨンの父の顔、父の顔とはわたしの顔か　幸綱

れ方、そのときにそこに出てくるものがアニミズムといえる世界ではないか。言い換えれば生きもの感覚が捉えた物と心の触れ合いの感覚といっていいのかな。あるいは感性の収穫といっていいか。それがアニミズムといえるのではないか。

持って回った言い方をして申し訳ないのですが、簡単に言えば、相手のものの物象感、あるいは自然感と言えるものを捉えたときに正確に心が物に写っている。そういうときに心が書けている。そう見ていいんじゃないか。で、その生きもの感覚と言えるものがアニミズムだと。

これも「釈迦に説法」ですが、私の調べた範囲だとアニミズムには二つの定義がある。一つは原始宗教としてのアニミズム。あれは一つ一つの個体を大事にするところが一つの特徴です。その個体にいのちを見て、精霊を感ずる。そして信仰する。これが原始宗教のアニミズムです。しかし私は、この「宗教」という冠詞をかぶせてアニミズムを受け取りたくないのです。何か一つの形ができてしまいますから、これにはあまり賛成しない。

それで見ますと、これは実は鶴見和子さんから教わったことですが、十八世紀にE・B・タイラーというイギリスの比較人類学者がおりまして、タイラーは「ものにはすべて生きた魂がある

と見ることがアニミズムだ。抽象的な概念にも生きた魂があると見る。何にでもあると見ることがアニミズムだ」と言っています。だけど私は、こういう、生きた魂があるということにも何か図式性を感じて、もっと生きたものでないといかんと思いますので、これにも賛成しない。これは一応、近現代におけるアニミズムの考え方の典型のようです。私は、人間の表現行為に於いて潜在して働いているなまなましい世界でなければならん。すなわち、さっきのように自然感に触れる、物象感を捉える、それがアニミズムだと、こう思うのです。

■本能について考える必要がある

金子　では、その「生きもの感覚」はどこから生まれてくるか。一茶を見ていて何となく分かってきたのですが、私は「本能」だと思うのです。「荒凡夫《あらぼんぷ》」という言い方で、彼は「本能というものを非常に大事にしたい。それをお許しください」と阿弥陀如来に向かって言っています。私は命そのものが本能だと思っているのです。最近、ますますそう思うようになりました。で

赤い犀車に乗ればはみだす角　兜太

一輪とよぶべく立てる鶴にして夕闇の中に蒼のごとし　幸綱

すから、本能をむだに抑制すると必ず世が乱れる。人も狂ってくると思います。本能をどこまで解放しているかということが社会政策の決め手だと思う。政治はそれが完璧にできたら、素晴しい国になると思う。本能が本当にいいかたちで解放されたときが本当の自由だと思うのです。その自由な根源に今のような生き物感覚と言えるアニミズムがある。こう思うようになっておりまして、本能というものについてもっと考えないといかんのではないか。最近はこう思っているのです。そこまでアニミズムを詰めて見ているのです。幸綱さんは以前、例の自然感は認めてくれたが、さらにその根っこを掘るかたちで、今、その辺の考え方はどうでしょうか。

佐佐木　うーん、難しいですねえ。一言ではとても。

金子　これはここのところ六、七年の間に成熟した私の考えなんです。荒凡夫を見つめているうちに、一茶の句を見つづけているうちに、だんだんこういうことが分かってきた。本能というのは危ないですね。「煩悩《ぼんのう》具《ぐ》足《そく》五《ご》欲《よく》兼《けん》備《び》」で、本能の場合は悪いこともします。一茶のように本能を基本に認めてくれと言っている男ほど、欲のふかいことをしているわけですから。しかし、それにもかかわらず彼の句はみんな生きもの感覚で、アニミズムを感じさせるのです。それは何だろうかと思ってみたら、彼はそういうものを持っている。本能の中にそれがある。非常に欲どおしいものがあると同時に、美しい生きもの感覚がある。〈花げしのふはつくやうな前歯哉〉という句があります。自分の前歯が浮《うわ》つきだしたときの句です。自分の前歯がケシの花のようだなんて感覚はすばらしい自然感だ。これこそアニミズムだと思います。

佐佐木　本能というのは作者のですか。今の句でいうとケシの花の本能もということですか。

金子　作者の本能です。作者の本能が生きもの感覚として働くことによって、ケシの花の……、まあ、そうですね、ケシの花の有り態、その本能とも触れ合える。本能はイコール命の姿だと私は思ってますから、命と触れ合う。結局、本能と言ってもいいかな。本能と本能が触れ合えて円満だということは、命と命が触れ合えると円満だということです。

佐佐木　われわれ、本能を剝き出しにして生きているといろいろなことがあります。教育というのは一種の本能を抑制することですね。それによって社会ができている面もあります。ただ、表現をするときに、子供の時代から鎧われてしまった本能をできるだけ剝き出しにしていけるかどうか。それがもし剝き出しになったときは、動物、植物、あるいは山だとか川だとかアニマ、

暗黒や関東平野に火事一つ　兜太

つまり生命・精霊と共感することができる。そういう意味にとっていいんでしょうか。

金子　そうとっていただいていいと思います。だから、教育で世に害をなさないような本能のあり方を探るのは私はまだ形式的だという見方です。これは教育の問題かもしれんけれど、その人の天性として本能がつねに、今のように生きもの感覚として美しく働くという状態に育て上げることが本当の教育だと思う。

佐佐木　作者の本能はそのとおりだと思いますけれど。つまり、アニミズムとは一種の共感感覚だと思うのです。こちらの本能が自覚したときに、犬でもいいし樫の木でもいいんだが、そういうものの持っている生きる根源みたいなものに共感できるかどうか。その共感感覚が詩歌におけるアニミズムで、一つ、基本的にあると思うのです。

金子　その共感感覚、賛成です。私は相対感覚と自分で言ってますけど。

佐佐木　表面的な共感ではしようがないので、おっしゃった本能のような、生の根源にかかわる深いところでの共感かどうか。そのあたりが詩の問題になるんだろうと思います。

金子　オレの場合は相手の共感感覚、それを「呼び起こす」という言葉で要求しなくてもい

にんじんの種子蒔く子供、絵の中の一粒の種子宙にとどまる　幸綱

いと思っているのです。自分がそれで完結すればいい。そう思う人間が社会を構成すればこれは問題ないわけですから、美しい世界になると思います。そこまでですけれどね。一人の姿勢としては共感感覚としてアニミズムがあると、それは私もそう思います。

佐佐木　アニミズムは生き方に結びついた感性だと思うのです。直感、予感、本能といった五感の奥にある感性なんでしょうね。直感力、予感力も本能といえばそうなんでしょうね。

金子　そうですね。それと環境も大きいんですかねえ。一茶の場合は十五歳まで農家で育ったでしょう。土を耕して生きていたということが大きいんじゃないかと思うのですが。

佐佐木　われわれがふだん生きているとき、例えば何かと出合って、山なら山と出合って、山と共感することがありますね。偶然にそういうふうになる場合があるけれども、作品を書く場合はもうちょっと意識的に共感感覚を掘り起こして書かなくちゃならないということがありますね。

金子　そう、そう。あります、あります。

佐佐木　そこのところが、今おっしゃったことではないですか。「物の美と情の誠」の関係を

樹といれば少女ざわざわ繁茂せり　兜太

二日酔いのまなこ閉じても開きても人満ちている早稲田大学　幸綱

突き詰める。理屈で言うとそういうことになるのかもしれません。

金子　そう、そう。あなたが一九九二年から三年にかけて一年間、オランダへ行って、一冊、歌集を出したでしょう。『旅人』（一九九七）。あれ、拝見していると、あなたも文章に書いておられますけれど、山がないとか木が少ないということを日本と違う雰囲気として感じておられる。そこからアニミズムということを考えたと言っておられる。あれは私に言わせるとアニミズムの芽生えという感じです。あなたがあと五年もオランダにおられたら、今、私が申し上げるようなアニミズムとして成熟しておったのではないか。非常に口はばったいことを言いますが。そういうふうに思うんだ。

佐佐木　その話に乗って言うと、「飢え」の感覚です。オランダには山がありません。日本はどこに行っても山がありますから、オランダにいると山に飢えている自分に気づきます。「飢え」の感覚がくるのです。本能が少し剝き出しになってくる感じでしょうか。

金子　そうなんだよ。一茶が暮らしのために俳句をやっているでしょう。つねに飢餓感にとらわれている。お鳥目《ちょうもく》が少ししかもらえないとか、今日はだめだったとか。それがあって次第に今のアニミズムが萎縮していったと、そう思いますから、やはり飢餓感があるんでしょう。

佐佐木　飢餓感は、自身の本能と出合う大事なポイントなんでしょうね。

金子　本能を生かすも殺すも、五欲兼備、それだと思います。それが尾を引いている。それは分かりますねえ。

■本能が見えなくなっている現代人

佐佐木　今、われわれ、そしてわれわれの社会がアニミズムから遠ざかっているのは飢餓感覚と関係があるんでしょうか。

金子　あると思いますがねえ。年中、満たされないという思いってありますから。

佐佐木　僕は二十代で、直感、肉体、野生、男っぽさ、生理感覚といったところを前面に出して歌壇に登場しました。歌壇では、方法・修辞が問題にされている時代だったので、異端的な登場の仕方でした。われわれ現代人は、本当に野生・本能が脆弱になってしまっていて、天気を

> **骨の鮭鴉もダケカンバも骨だ　兜太**

ふろばより走り出て来し二童子の二つちんぽこ端午の節句　幸綱

予感することもできなくなった。情報でものごとを判断する習慣にならされて、自分の直感や本能がはたらかなくなってしまっている。そういうことがありますね。

金子　そうなんです。十分にあります。〈酒止めようかどの本能と遊ぼうか〉、六十歳で痛風にやられて、本当に酒をやめようかと思った、そのときの句です。本能を全部切っちゃったらオレはとんでもねえことになる、よくない方向へ向かう、何かの本能を生かしておかないといけないと、そんなことを漠然と思って、あの句を作った。それで一茶を見ると、彼は自覚してないけど本能を大事にしているんです。

佐佐木　日記ではそういう感じですね。

金子　そうです。だって、五欲兼備を許してくれと言っているんですから。あれはマイナスの本能でしょうけれど。そういう言い方で、「自然のあり方として本能というものが基本だから、こいつは認めてくれよ。しようがないんだよ。すけべえなものはすけべえなりに六十五まで子を作るよ」ということだと思ってね。

佐佐木　六〇年代に「狂気」という言葉が芸術論でたくさん出ました。あの「狂気」は本能に近づくんですか。それとも遠ざかるんですか。

金子　遠ざかると思います。五欲兼備を発散する方向と同じだと思うのですけど、どうでしょうか。

佐佐木　現代人は子供のころから本能を鎧う方向で教育をされる。狂気の爆発力がないと本能を解放できないところってあるんじゃないでしょうか。

金子　うん、気分としてはね。だけど、リアルな問題としてはどうでしょう。むしろマイナスにしてしまうんじゃないでしょうか。

佐佐木　六〇年代は「狂気」が身近に言われていた。そして、ダダ的な目茶苦茶なパフォーマンスがたくさん出現した。「読売アンデパンダン」に出てきた人たち、秋山祐徳太子などを思っているんですが、彼らの作品や行動はそれなりに本能に近づいている部分があるのではないか。徹底的に童心に戻る。子供には大人が教育の中で抑制されてしまった本能があるんじゃないか。そう思うんです。

金子　そうでしょうね。発散、ほしいままにすることによって本能の純粋なところまで近づ

海とどまりわれら流れてゆきしかな　　兜太

のぼり坂のペダル踏みつつ子は叫ぶ「まっすぐ?」、そうだ、どんどんのぼれ　幸綱

くということもあることはあるんでしょうね。

佐佐木　そういうのもあるかもしれないという感じがしますけれど。僕は昔のことを言うと、第一歌集『群黎』（一九七〇）の巻頭に「動物園抄」二十九首があり、中に〈走らない羚羊と猟をせぬ男わかり合いつつ目をそらすなり〉〈肥り気味の黒豹が木を駆け登る殺害なさぬ日常淫ら〉〈思いがけぬ野生キリンが立ち止まり尿激しく土を打ち始む〉といった歌があります。野生、本能を奪われた動物園の動物たちへの口惜しい共感をうたっています。当時の若者のおかれた状況のつもりでした。

金子　私は幸綱さんの歌集全体が今でも本能肯定、本能のよき発散というか、そういう方向で書かれていると見ています。

佐佐木　ありがたい。自分でもそうありたいという感じは持っているんですが、なかなか。鎧われているなという感じがします。

金子　でも、けっこう生々しいというのはそこなんだと思うけどな。とても生々しいのがあなたの魅力なので、だから肉体ということを強く感じるな。

佐佐木　「肉体」という言葉、久々に聞いた思いがします。六〇年代から七〇年前後までは「肉体」と言っていたのが、いつのころからか「身体」と言うようになりましたね。今は「肉体」という言葉を使う人はほとんどいない。

金子　私は使いますがね、一貫して。

佐佐木　あっという間に「身体」になりました。

金子　心身の身、これを肉体と。

佐佐木　「情念」という言葉も使わなくなりました。たぶん、重さとか湿り、生命とか本能とかに密接しすぎて、遠ざけられたんでしょうね。「身体」ならば、軽いし乾いている。気軽な感じです。

金子　そういうことです。非常に形式的だ。それでね、あなたがアニミズムについて語りたいと言ったとき、咄嗟にオレに閃いたのは実はそのことだったのです。社会性という言葉がスローガンになって、みんな社会性をテーマに俳句を作ったでしょう。いや、作っていたつもりだ。そのとき山本健吉《やまもとけんきち》（文芸評論家、一九〇七〜八八）は、「金子兜太や原子公平《はらここうへい》たちの社会性なんて代々

> 山峡に沢蟹の華《はな》微かなり　兜太

火も人も時間を抱くとわれはおもう消ゆるまで抱く切なきものを　幸綱

木の回し者で、本当に詩に書くべきものは命でありアニミズムである」と言って、われわれをうんと非難したことがあるんです。そのときの社会性に対する対立用語としてのアニミズムがオレの頭の中にこびりついてます。特に伝統尊重派の評論家がそれを口にしていた時期があるんです。命とともに。そういう社会派撲滅用語として使われた時期があった。その言葉が今でも何か受け継がれているような気がしてしょうがないんです。その辺もちょっとあなたに聞きたかった。

佐佐木　そんなことがあったんですか。僕はそのあたりのことは知りませんでした。その時代でしょうか、ヒューマニズムという言葉が非常にはやった時期がありましたね。昭和二十年代から三十年代はじめにかけて。

金子　そうそう。ちょうど重なって。もう少し遅れてから、六〇年安保のあとくらいからヒューマニズムと言い換えられましたね。あれを対立用語に使われるのはつらいと思うんだが、今でも、アニミズムなんてまやかしだとか、ごまかし用語で口先だけの用語だという受け取り方がされる場合もあるんじゃないかな。「アニミズム、アニミズムなんて言って、あんた、ずいぶん甘くなったね。あんたは昔は社会性、社会性なんてきついことを言っていたのに、急に何ですか、アニミズムって」と、あるところで言われたことがあるんです。けっこう信用できるインテリから。

黒田　金子さんが進歩発展すると、みんなから「変節した」というふうに、ずうっと言われてきたようです。つねに変節を繰り返したと（笑）。山本先生は『いのちとかたち』（一九八一、新潮社）とか、ああいうものを書かれたりしておられますから、そういう見解に立たれたこともあるかもしれませんけれど。金子さん独自の「生きもの感覚」という発想と表現では他の人は言ってませんね。

金子　だと思うんだ。そういう言葉は聞かない。語るに足る言葉だとオレは思っているんだが。

■死者にも生きもの感覚がある

佐佐木　「生きもの感覚」というのは動物、植物だけではなくて、鉱物にもあるわけですね。

金子　そのとおりなんです。それが私が次に言いたかったことだ。私みたいに人間のことばかり攻めてきたやつがアニミズムを言うのはおかしいという意見もあるはずです。社会性に対し

南暗く雉《きじ》も少女もいつか玉《いし》　兜太

てアニミズムだという意見。対立概念として言う。基本から見るとそうだと思います。「おまえらは人間のことばかり言ってきたのに何だッ」と。でも、人間も虫や花やそういうのと同じ生きものなので、同じ自然だという言い方ができるんじゃないかと、こう気づくようになりました。そこでだんだん出てきた考え方です。今、私は、人間は完全に鳥や花と同じだと思っている。そうなると、おっしゃるようにビルディングとか人工のものも、山とか、山なんかとっくにアニミズムだと思うけれど、鉱物みたいなものからもやはりアニミズムを感じますね。これもアニミズムの世界のものだと。

佐佐木　新しい句集『日常』（二〇〇九、ふらんす堂）の後記に、「他界と終焉とは違う。死者もそういう意味で生きもの感覚がある」と書いておられたが、そういうお考えですね。

金子　ええ。そうです。死者も生きもの感覚がある、そこまで来ましたね、今の私は。それは実感として持てるんだから、歳のせいだけじゃないと考えるのです。生理的な衰えとかそういうものとは関係ないですね。長い年月を生きてきたという、そのことの結果なんでしょうね。

佐佐木　見えてきたというか。

若草はひばりを隠しはつなつの心にわれは鶺鴒《せきれい》を飼う　幸綱

金子　そう、そう。命が見えてきた。

佐佐木　そういうかたちでアニミズムのことを考えるとき、もう一つ、命とか生きもの感覚が「言葉」自体にもある。これは大事なことだと考えているのです。古い言い方ですが、言霊《ことだま》です。言霊をわれわれはどれだけ感覚的に視野に入れられるか。

金子　そう。そのコトダマは違う字で書けないですかねえ。

佐佐木　事実の事、事物の事、それを使った「事霊」が『万葉集』の用例にあります。古代人は、「言霊」イコール「事霊」と感覚していたようです。

金子　それは賛成だ。言葉に限定するとね……。

佐佐木　『万葉集』では「言」と「事」とがイコールだという考え方です。たしか『万葉集の〈われ〉』（二〇〇七、角川書店）にも書いたと思いますが、言葉は単なる記号ではないということ。言葉と実態はぴったり照応すると古代人はとらえた。受験生の前で「落ちる」とか「すべる」と言わない方がいいと今でも言います。結婚式で「破れる」とか「切れる」とかと言わない。「終わり」「閉じる」を「お開き」と言う。いわゆる「忌み言葉」がそれで、縁起の悪い「言葉」は悪い「事実」

河の歯ゆく朝から晩まで河の歯ゆく　兜太

肌の内に白鳥を飼うこの人は押さえられしかしおりおり羽ぶく　幸綱

を引き寄せると考えるわけですね。『万葉集』時代の人々は、本気で「言」イコール「事」と思っていたようです。

金子　そうか。それはうれしい。どうも「言葉の霊」は気に入らないんだ、私には。

佐佐木　句集『日常』の中のジュゴンの句、〈今日までジュゴン明日は虎ふぐのわれか〉が話題になっていますが、これもジュゴンに対するアニミズム的共感というか、内部にジュゴンを感じるというか、そういうことですか。

金子　はい、そうです。生きもの感覚によって一致したというか、同じものを見た、そういうことです。アボリジニというオーストラリアの先住民も同じです。生きている人間として同じという感じ、それ以上のものは要らないという感じ、そういう次元で人間は接するのが本当だろう。少なくとも本能の満足というのはそういうところで得られるだろうと、こう思うのです。

佐佐木　このジュゴンの句ですが、ジュゴンが絶対ではなくて、ジュゴンへの共感が末広がりに向こう側にもっと広がってゆくということですね。虎ふぐがいたり、もっと別の何かがいたりする。

金子　そうです。虎ふぐになっても、人相は悪くなるけれど同じだと。姿かたちの問題じゃないという、そんなところでしょうか。

■アニミズムは魂の解放

佐佐木　すると、アニミズムは解放感につながっていくんでしょうか。魂の解放みたいなところへ。

金子　はい。私はそう思います。それが本当に身につくと、解放感があるから本当の自由が得られる。

佐佐木　一茶はそういうところへ行っていたんですか。

金子　行ってますね。「荒凡夫」を言った後の彼を見ていると、本当に自由な人間というのを私は感じます。二番目の奥さんを平気で追い出したり。平気で追い出すことが悪いと言うが、相手にも問題があるわけだからね。そういうのを平気で追い出すというその行為なんかにも解放感

日の夕べ天空を去る一狐かな　兜太

水時計という不可思議ありき　ひとと逢う瀧の時間に濡れては思う　幸綱

があります。自由を感じます。それからまた、三番目の女をもらって、六十五歳で子供を作ってます。そういうことが平気なんですね。そのころになっても房事の回数なんか平気で書いてますからね。彼の日記にときどき出てきます。昔の六十代っていったら、今ならもうオレくらいでしょう（笑）。あの自由さはやっぱりアニミズムですよ。いや、一茶は本当に自由になってますよ。

黒田　金子さんは七、八年前から「荒凡夫」を志向すると言ってこられましたけれど、九十歳になられた現在、「荒凡夫」という生き方がいよいよご自身の身に沁みるんですね。

金子　そうでございますね。だから、黒田さんがよく話題にされる聖路加国際病院の（名誉院長、名誉理事長）九十八歳の日野原重明《ひのはらしげあき》（一九一一〜）さんの話が、今、私には実によく分かるんです。あれが荒凡夫の姿そのものだと思う。だって、あの人は女性の秘書が機内で重たい荷物をフウフウ言って持ち上げて、近くの人の頭にコツンとぶっつけても、身じろぎもしないでただぼやーっと見ている。彼、全然、平気なんです。とらわれない。あれはすごいですよ。あれがアニミズムです。ジュゴンになったんだ、あの人は（笑）。

佐佐木　われわれは情報化社会に生きていて、情報によって、ＡとＢとが違う、違う、違うというふうに常に分けていくわけです。その仕分けにわれわれは非常に敏感になっている。例えば車でも、今年出たのと一昨年出たのとでは違うとか、区別、差異を強調しつつものを見る見方に慣れ過ぎている。そういうなかで、おっしゃるようにもう少し、ベースはみんな同じじゃないかというものの見方が欲しくなっているのは確かです。

金子 そうでしょう、そうでしょう。

黒田 幸綱さんの場合、大学の先生を卒業されて、何か変わりましたか。

佐佐木 まだあまり変わりませんね。ただ、どうでもいいやという感じは出てきてますね。逆に言うと今まで、どうでもよくはない、と思いつつ生きていたのかなという気はします。

金子 あなたなんかどうですか。定年で辞めるでしょう。辞める前の給料が例えば三十万円で、辞めた後はちょこちょこ仕事をして月五万円。給料が下がるとその人間のすべてが下がったように感じてしまうという屈折感はありますか。

佐佐木 それはありますね。

金子 オレもあるんだなあ。これがあるために、オレはまだアニミズムではないと思うんだ。

霧に白鳥白鳥に霧というべきか　兜太

山みみずぱたぱたはねる縁ありて　兜太

そんなものを感じなくならなきゃウソだと。

黒田　それはお気の毒（笑）。意外ですねえ。

佐佐木　生活の問題はまあ、家族がいたり。

金子　現実の生活はそうですけれど、人間として。

佐佐木　超越してしまうというか。

金子　ええ、生きものとして、そういうところはもう感じなくなるくらいでないといかん。それで、社会的な問題としてはどうかと考え直す。そこで、差別という言葉を認める場合も出てくるというくらいの余裕がないといかん。いきなりあいつはバカだとか、これはもう人間じゃなくなった、ネコになったとか、そんなくだらんことを……。

佐佐木　ただ、おっしゃるような、定年というか、生活がちょっと変わることによって、割とラフにものを見られるようにはなりますね。僕は大学に勤めてましたから、課長になるとか部長になるとか、そういうかたちで仲間を見ないで済みました。また、製品が売れたか売れないかということを考えないで済んだ。だから一般の職場よりは割とラフに生きてこられたと思いますね。それでも、仕事は仕事ですから、入試等いろいろ気を使うこともありました。だから退職してみると、まあどうでもいいか、という生まれつきの本性がむくむく出てきてずいぶんラフな生き方ができるようになった気がします。俳句や短歌を作るときには、ものの個別性、心の個別性にこだわる必要はあるんだけれど、ベースにラフなものがないと個別性が見えてこないんですね。

金子　そういうこと、ラフなものですよ。それは大事だ。

佐佐木　ラフなものをベースにする。そこでベースになっているものって、アニミズムのような、オレの命も全体の一部、それぞれの命のなかの一つであるという感覚。鳥の命も木の命もオレの命も同じだという感覚を日常的に持てることが大切なんでしょう。そう感覚することで、逆に一本の木がいかに大事か、オレの命を大事にするのと同じように一本の木の命が見えてくるようになると思うのです。

金子　オレもそういうことを目標としていますが。まだ目標ですけれどね。

佐佐木　そのときに、そういう心の働きが本能なのか、そういうふうに感じる感覚がもともとあった本能だと確信できるかどうかですね。

朝焼けの空にゴッホの雲浮けり捨てなばすがしからん祖国そのほか　　幸綱

■思想は肉体化されなければ本当のものではない

黒田　金子さんはずっと「インテリが嫌いだ」と言ってきておられますが、今のお話はそういうことと関係がありますか。

金子　ええ、関係があるんです。「土がたわれは」ということを私は角川書店の「俳句」（一九七〇年八月）に書いているが（「わが主張・わが俳論」として執筆）、子規の〈混沌が二つに分かれ天となり土となるその土がたわれは〉、これを自認してしまう。知が中心で動いている人は危ないと思うんです。

黒田　インテリがだめだと言われたのはずいぶん前からですね。

金子　ええ。「土がたわれは」を書いたころですから。それもインテリがだめだと本当にそう思えるようになったのは一九七〇年代、高度成長期の半ばで、一茶や種田山頭火《たねださんとうか》（一八八二～一九四〇）など漂泊者の人生を調べたでしょう。あのときからです。ああいう人たちを見てからだ。彼らは本当に生《なま》な人間で、それこそ本能を求めて漂泊していきます。いちばん純粋な命のかたちを求めて漂泊しているということが分かってきまして、それ以来、私は彼らを尊重している。彼らのことを「純動物だ。本当の動物とはこういうのだ」と書いたことがあります。そう思ってき

暗黒や関東平野
に火事一つ
兜太

真夜中は雲雀を照らせ北斗星　兜太

たから。そのころから、知の働きは大事なんだけれど、知の働きだけの知的なもの言いとか、つねに理論づけなければならないとか、イデオロギーに取り込んで申し上げるとか、そういうものはいちばん危ないと思うようになってきています。

だから、社会性俳句がクローズアップされたとき、私は「社会性は態度の問題。社会性というのは日常生活の中で昇華して、肉体化して行われる日常というのを積み上げてゆくことであって、イデオロギーではない」と言い、一方で沢木欣一は「社会主義的イデオロギーの周辺で書かれるものが社会性の俳句である」なんてぬけぬけと答えてました。それに対して私は強く反発した。あのあたりから、思想というものは肉体化されなければ本当のものではないという考え方がだんだん私の内に熟してきたのです。

佐佐木　短歌史では、西行《さいぎょう》（一一一八〜九〇）をはじめとした坊さんたちがアニミズム、あるいはそれに近い感覚の歌を詠んでいます。おっしゃるように宗教が別にあるのではなくて、宗教が態度になっている坊さんたちの歌だと思うのです、今のお話の延長で言えば。

金子　全く同感です。そのとおりだな。まったく。

佐佐木　仏教者のなかには非常に普遍的なものがベースにあって、それを教義として信じるだけではなくて、肉体化している人たちがいて、その人たちはアニミズム的なものをしっかりと持っているんですね。

金子　全く同感。おっしゃるとおり。そこは重要だ。

佐佐木　尾崎放哉《おざきほうさい》（一八八五～一九二六）はどれくらいの坊さんだったんですか、変な言い方ですが（笑）。

金子　私は放哉をいちばん信用しないんです。だって、晩年の三年間だけですから、放浪状態なのは。それまでは普通の社会人、勤め人ですよ。そういうこともありまして、彼は実に不十分な漂泊者です。

佐佐木　最後は食いっぱぐれて、しようがなくてお寺に入るみたいですね。

金子　そうなんです。そうしていながら、酒を飲み過ぎてドブに落ちると、汚れた着物を小包にして友達に送り、「洗濯してくれ」なんて、そういう甘えたわがままなことが平気でできる。私は彼をほとんど信用してないんです。それから、あの人は最後まで「東大を出ている」という

言葉の外皮の固き歯ざわり、かなしみておそれて噛めり今日も言葉を　幸綱

海に会えばたちまち青き梨剝きたり　兜太

ことが鼻に引っ掛かっているんです。エリート意識があんなところまでついてまわるというのは全然ダメですよ。そんなプライドの癒し方はね。ともかくよくない。

佐佐木　でも、放哉の寂しい句にはいいのがありますね。

金子　そう。いいんですよ。〈墓のうらに廻る〉とか、ああいうサッと出たような句がいいです。

黒田　私は放哉ファンですが、荻原井泉水《おぎわらせいせんすい》（一八八四〜一九七六）が彼の句をずいぶん直しているんです。それもすばらしくうまく。添削の句稿がどっさり出てきましたから、驚きました。

金子　村上護《むらかみまもる》（評論家、一九四一〜）が言ってました。井泉水居から放哉の句稿がたくさん出てきて、それを見るとほとんどの句が直してあるって。原句は、もともとは長い、散文的な作品だったようです。

佐佐木　山頭火のはだれも添削してないんですか。

金子　あれは直してない。それと、長い間、あれくらい同じような状態を繰り返せる人って、やはり本物なんでしょう。年中、人に迷惑をかけちゃあ、後悔して、またすぐ迷惑をかけることばかりやっている。これが継続できる人って偉い（笑）。妙に頭が働いていたら、あんな生き方はできませんよ。

■どうしようもない自分を抱え込む

佐佐木　金子さんのお書きになった本（『山頭火』）を読みましたが、山頭火の漂泊はお母さんの自殺という原点があるんですね。ただふわふわ放浪しているのではなくて、原点があって放浪している。だから、説得力がありますね、生き方に。

金子　そうなんです。生《なま》に生き過ごしちゃいかん、何か自分の認識というものを持ちたいという努力をやってます。無から空へいきたいとか言ってますけど、その努力をしているからなんでしょうね。自分の状態がいいとは認めてないというのがアニミズムの感覚だと思うのです。自分という動物がまだまだ濁った動物であるという感覚が彼には濃厚にあるんです。それを認識によって正していきたいと。最後の頃に〈山の上からころころ石ころ〉という句ができて、自分である程度満足したようです。あの自然体、このままの姿で生きることしかないというところまで

Dr.《ドクター》 Vos《フォス》（狐）に紹介されて Prof.《プロフェッサー》 Boot《ボート》（舟）と固く握手をしたり　幸綱

緑褥というか海辺の草に妻　兜太

行ったときに、それが空《くう》の認識になって救われている面があるようです。それが本当の救いかどうかは分かりませんが。とにかくそういうかたちで、自分の状態をよしと認めないで認識して、認識によって自分を正してみたいという気持ちがあったということが美しいと思います。

佐佐木　山頭火に比べると、若山牧水《わかやまぼくすい》（一八八五〜一九二八）とか啄木とか、彼らには激しい認識はないですね。もうちょっとやわらかいというか、ラフな感じというか。

金子　はい。その若山牧水賞受賞の作者を前にして申し訳ないんだが、私は啄木というのもあまり好きじゃないんです。甘いと思いますよ。

佐佐木　そのほどよい甘さが受けるんですよね。二人とも青春の歌人ですから。それが読者の、ある救いになる。今ふうに言えば癒しでしょう。

金子　そうでしょうかねえ。好きになれんなあ、オレは。

佐佐木　求道的なものではなくて、青春に身をまかせている、甘えている。青春時代の自身の弱さを抱き込んでいるところがあって、そのあたりが近代短歌のおもしろさだったと思うのです。

金子　ああ、おもしろさだと思いますか。
佐佐木　不徹底と言っていいのかもしれませんけれど。
金子　啄木なんかも自分のそういうものをそのまま肯定しようとしていたんですか。
佐佐木　ええ。ダメな自分を結局、肯定する方向に行ってたんじゃないでしょうか。心のダメさ加減と体のダメさ加減、どうしても貧乏、病気（結核）から抜けられない自分の立場、その立場に縛られてしまう心。そんなどうしようもない自分を抱き込んでうたう。そこがわれわれ一般庶民の、みんなそんな感じで生きているわけですから、共感を呼ぶところがあるんだと思います。
黒田　石川啄木は亡くなる直前に信綱先生に会っているんですね。
佐佐木　ええ。啄木は森鷗外の観潮楼歌会に来てますから、そこで。
金子　信綱さんの意見はどうだったんですか。
佐佐木　信綱は割と啄木を大事に考えていて、才能のある人だったと書いています。十二、三歳、信綱が年上です。まあ、牧水にしても啄木にしても、ずうっと自分を押し詰めていくタイプではないですから。二人とも早く死にますしね。

稲妻に裂かるる地平、いっぽんの大樅ぐいと立ち上りたり　幸綱

富士たらたら流れるよ月白にめりこむよ　兜太

黒田　山頭火と放哉が、俳人のある典型だとすれば、牧水や啄木は全く違う世界の作家ですね。

佐佐木　違いますね。同じ旅をしても全然違います。啄木も牧水も、二人とも家族を大事にしますね。

金子　それで思い出した。あの歌人はどうですか。評判の歌人。

黒田　山崎方代《やまざきほうだい》（一九一四〜八五）ですか。

金子　うん。この人はどうなんですか。

佐佐木　歌壇の山頭火みたいに言われていますが、何か求める厳しいところはない歌人です。タイプとしては今の二人、牧水、啄木と同じ系列かと思いますが、結婚しなかった。家族がないという点でちょっとちがいますね。孤独をうたいますが、厳しいうたいかたではない。〈こんなにも湯呑茶碗はあたたかくしどろもどろに吾はおるなり〉〈あかあかとほほけて並ぶきつね花死んでしまえばそれっきりだよ〉。口語を思い切って採用した短歌で、ペーソスでしょうか。厳しい歌ではありませんね。

金子　そうだね。流している感じがある。

黒田　七七があるからでしょうか。

金子　その辺が曲者だな。その辺でひらひらとさせると、みんな首を曲げちゃうというところがあるんじゃないかな。どうもオレにはちょっと物足りないんだな。

佐佐木　ぎりぎり自分をいじめていくタイプではないですね。自分をいとおしんでいる。

身体で感じる

金子　あなたが『金子兜太の世界』（角川学芸出版、二〇〇九年九月）の座談会で〈三日月がめそめそといる米の飯〉（『蜿蜿』一九六八）という私の句についてちょっと疑念を呈しておられます。あの理由なんだが、何だろうと思って考えた。幸綱という人はアニミズムを分かる人だとオレは思っているからね。あの句は批評意識が強く出過ぎているという感じなんですか。

佐佐木　そうですね。そういう点で、意味が分かり過ぎてしまうという感じ。

金子　ああ、そっちのほうか。どうもそうなんですね。だから、あれはアニミズムの偽物な

サンミッシェル寺院の坂を登り来て大いなる虹懸ける木の下　幸綱

梅咲いて庭中に青鮫が来ている　兜太

んですな。

佐佐木　偽物かどうかは言いにくいですけれど、読者に分かり過ぎてしまうように思うんです。

金子　やっぱり批評意識が出過ぎているか、常識的か。それで分かりました。自分では得意だったんですけどね。

黒田　あの時代では。金子さんもまだお若かったですから。

金子　若かったです。東京へ帰ってきてから間もなくのころですから。

佐佐木　〈霧の村石を投《ほ》うらば父母散らん〉と同じころですね。

黒田　同じ句集です。

佐佐木　このほうが好きです。

黒田　私たちもすごく好きです、こういう句はみんな。

金子　あれは体が入っている。高度成長で農村からどんどん人が出てゆく。村落共同体の崩壊を感じたのです。こんな山の中の父も母も散ってしまう、すぐ死んでしまうという感じだったのです。

佐佐木　「東京へ行っちっち」という歌（「僕は泣いちっち」一九六九）がはやった時期ですから（笑）。

金子　〈霧の村〉は体が入っている。体で作っているが、〈めそめそ〉の方は頭が働き過ぎてる。

黒田　〈父母散らん〉の句には「ふるさとは遠きにありて……」という要素もたっぷり入っているでしょう。金子さんの現在の産土《うぶすな》感とははるかに隔たるけれど、実感としての望郷心が沁みているので、みんな共感しますよ。

金子　実感というのも大事なんだな。これはアニミズムの世界に取り入れて考えたい。さっき、土とか石ころがどうだとおっしゃったことですが、すべてを生きた魂と見るという、そういう発想なんでしょうね。抽象的概念も生きた魂と見る。

佐佐木　ええ。言葉も含めて。

金子　もので言えばコンクリートの塊、石ころも。

佐佐木　すべて地球上にあるものは消滅をするわけです。無常です。常なるものは無い。石ころも何かもすべて、過渡の状態にあるわけです。すべて動いている。そういうレベルでの共感

そらのみなとそらのみなととなうればほのぼのとわれに空の波音　幸綱

山国の橡《とち》の大木なり人影だよ　兜太

があると思います。

黒田　ところで、アニミズムという言葉はあっても、アニミストという言葉はあったんですか。鶴見和子さんは『米寿快談』ではっきりそう仰ってました、「私はアニミストだ」と。アニミストという言葉は他の方からは聞いたことがなかったです。

金子　オレもときどき使う。面倒臭いから「オレはアニミストだ」と言う場合があるんですが、ちょっと尊大なんじゃないでしょうか。「私はアニミスト」なんて言えるのかという感じがあるけれど。

黒田　彼女はあのとき、自分は特定の宗教を持たない、無宗教者である。そしてアニミストですと言われたようでした。

金子　そう。あえてレッテルをつけるんなら。

佐佐木　世界観とか死に対する考え方もアニミズムでいこう、あの人はそう考えられたんでしょうね。聞くところでは、死後は散骨を希望され、その通りになったということでしたが、そのベースにあったのは死は「還る」ことという感じだったんでしょうね。

黒田　でも、あまりにも頭のいい方でしたから、金子さんのようにすべて「身体で感じて」ということではないですね。研究者ですし。

藤原　倒れてからは自然と一体になって、天候の変化が予知できるようになったとか。

黒田　それは敏感になっておられましたし、それが彼女の生きている感覚で実感でしたから。

金子　そんな説明もちょっとしておったな。病気になってからだと。確かそのとき、「あなたは非常に厳しい論理的な社会学者ではなかったんですか」とオレが聞いたのを覚えている。そうしたら、「自分は病気になって、真人間になった」と。

藤原　「倒れる前は分かったようなことを言っていても、結局、何も分かっていなかったんだ」と。

金子　全部、知的に処理していた。そうなんですよ。

藤原　だから、分かるということはどういうことか、ですね。

金子　難しいですね、これは。坊さんはそのことに一生かけるわけですから。だから、真面目な話、考えられる間に一生懸命、考えておこうという気持ちもあるんです。オレには。それと、健康法ですな。こういう本をまとめるという宿題を与えられて、どうしゃべろうかと

大き風車ゆったりまわり大き雲ゆっくりと飛ぶキンデルダイク　幸綱

父亡くして一茶百五十一回忌の蕎麦食う　兜太

考えておくというのは、すなわち私にとっての健康法なんです。これであと一年くらいオレの寿命が長引くわけです。

佐佐木　養生訓の極意の部分だ（笑）。

金子　いろいろと考える機会を、それも独創的に考えようとするきっかけを今回も提供していただいた。昔の学生みたいに、どういう本を読んできて報告しろなんて、これはダメなんだ。何のプラスにもならないし、それではっきり言って寿命は延びない。意味ないな。まったく。

■俳句・短歌の世界で肉体を消費

藤原　アニミズムがすべてなんだと先生はお感じですね。

金子　ええ。感じてます。

藤原　そうすると、アニミズムということに何かちょっと疑義を呈すというか、よく分からないような人とは、少なくとも今の先生はあまり関係ないということですか。

金子　これも年齢もあるんでしょうけれど、そういう意味でも親近感の持てる人としか、はっきり申し上げて今は自分から接触しないというところがありますね。

黒田　金子さんから何度も聞かれました、「加藤周一《かとうしゅういち》（評論家、一九一九〜二〇〇九）をどのくらいの大衆が理解しているか」と。私が「先生の十分の一もいないでしょう」と即答しますと、「そうだろうな」って（笑）。このくり返し（笑）。

佐佐木　「朝日歌壇」にはずいぶん加藤周一さんへの追悼歌が来てました。「朝日新聞」ということもあるけれども、「夕陽妄語」を連載しておられましたから。

黒田　加藤さんのファンって多いんですよ。私も大昔から読者です。俳人でも、女の人なんかとても多い。

藤原　それはやはり知への憧れですか。

金子　そうなんです。もっと勉強したいという人がこの世の中には多いんだ。

藤原　金子先生のお考えでは、そのレベルではまだダメなんだということですね。

金子　ですねえ（笑）。

人もまた風景となりかがやける風車へ向かう道をのぼれり　幸綱

呼吸とはこんなに蜩《ひぐらし》を吸うことです　兜太

黒田　つまり、加藤先生がダメだというのではなくて、金子さんご自身がずっと考えてきているいることはもっともっと日常的でナマなことだと。

金子　オレはもっと切実に生きる道筋にかかわってきているという感じなんだな。もともと思想というものはそういうものなんでしょう。

佐佐木　加藤周一さんはもともとは医者ですね。そのわりにはあまり命の問題を直接には言わない人でした。

金子　そうなんだよ。同年でよく分かっている。彼が書き始めたころからよく読んで知っているからな。オレもつねにそう思っていた。医者の癖になんでこんな頭だけのことを書いているんだろうって。終生、変わらなかった。しだいに文章は気取ってきてね。大江健三郎《おおえけんざぶろう》（小説家、一九三五〜）の小説は好きですが、彼の評論めいた文章と似てます。レトリックばかりだ。中身に気どりがある。ああなってくるんですよ。知的な人は。いや、知で何かをやろうとする人はね。

藤原　肉体化していかないといけない。

金子　肉体化しなきゃダメですね。オレはそう思って生きてきた。

黒田　口で言うのは簡単だけれど、普通は肉体化できないと思うんです。金子さんは普通のおじさん、おばさんの、俳人ではなくて俳句が好きだという人の俳句を実にていねいに見てあげたり、直したりほめたりけなしたりされてきているでしょう。私は二十年前くらいから朝日カルチャーセンター新宿で金子さんと二人で公開講座をやってきていますからよく分かるのですが、間近で金子さんのお顔をじかに見ているだけで、老若男女の皆さんがひたすら喜んでいるんです。そういう場面って、ふつう、ないですから。でも、加藤さんはそういうふうには人と接しないでしょう。比較は意味ないですけど。加藤さんの講演会に行って、感動して一心にノートをとったりしている人たちとは全く違う世界なんです。

金子　そう。生の話が生きるというのは俳句、短歌の世界ですな。俳句や短歌をやっていて、幸綱とか兜太というやつと接しているとその人はいつか必ずどこか違ってくる。そう思いますよ。

黒田　どうにもならないような句を作っているおじいさんやおばあさんの俳句も見てあげて、同時に屹立した専門俳人でもあるということは、たいへんなことです、感動します。現場でいつも私。

フェルメールの町と思えば尖塔の上なる雲の銀のかそけさ　幸綱

猪がきて空気を食べる春の峠　兜太

金子　この世界一短い詩型に自分をまるごと押し込もうとするだけですでにかなりの肉体を消費してますからね。長年にわたって頭が練れてきてますから。

佐佐木　脳梗塞になったら俳句は作れないでしょうかね。

金子　きっとできないなあ。まあ、でも、「わわわわ」というのも俳句になるから、そういう肉体運動みたいなものをやる場合もあるんじゃないかなあ（笑）。分からんが……。

まあ、しかし、アニミズムについて幸綱さんはかなり批判的な状態にあるのかと思っていたんだ。それで、君を今回何とか説得しようと思って、オレは一生懸命考えてきた。

黒田　金子さんは「幸綱さんはオレに対して異議を感じているんじゃないか」と言われるので、そういうことはないんじゃないですかと申し上げてきたのですが。でも、今日、金子さん、全力投球されてよかったんじゃないですか。ご心配は消えましたね。

金子　おしゃべりはダメだったけれど、何とかオレの趣旨は分かってもらえたようだ。

■韻律にもアニミズムを感じる――兜太、幸綱の作品

黒田　お二人のアニミズムの作品をいくつか挙げていただきましょう。

佐佐木　幾つかアニミズムの歌を抜いてきました。

小面となりて在り継ぐ檜《ひ》のアニマむかし浴びにし檜の山の雪　（『アニマ』）

檜です。今は能面になっているけれど昔は山にいて雪を浴びていた。今は能面、昔は山に自生した檜。全然違うものなんだけれど、同じアニマがずっと中を在り継いでいるという歌です。

啄木鳥《きつつき》になりからまつの幹を打つ一つ命を仰ぎ見るかも　（『アニマ』）

にっぽんに帰りきたりぬほのぼのと縄文の壺抱きて立つ人　幸綱

道志に童児山のうれしさ水のたのしさ　兜太

この歌は解説は不要だと思います。

樹にされし男も芽吹きびっしりと蝶の詰まれる靭を開く
（『アニマ』）

靭を開いたら中から蝶がワッと出てきた。男は今は樹になっている。その樹に蝶々がびっしりとまとわりついているというイメージです。昔、人間の男だったころ、彼が持っていた靭なんですね。男と樹はじつは一つの命としてつながっているというかたちです。植物とか動物を命のレベルで見る、こういうアニミズムの歌を幾つか作りました。

三十一拍のスローガンを書け　なあ俺たちも言霊を信じようよ
（『群黎』）

これは六〇年安保のときの歌です。言葉のアニマですね。

言葉なき人にとっての言霊は何なりや　宿題をノートに記す　（『「われ」の発見』）

これは鶴見和子さんのことをうたったものです。鶴見さんとの対談を一冊にまとめた『「われ」の発見』のために、宇治のケアハウスに行って鶴見さんと話をしました。その折に取材した作です。鶴見さんは脳出血で、左片麻痺になられた。言葉がない人、言葉を失った人にとって言霊とは何なのか。鶴見さんと言霊の話をしたので。それが宿題になったという歌です。

満開の桜ずずんと四股を踏み、われは古代の王として立つ　（『アニマ』）

鶴見さんが引用して下さって、その対談で話題になった歌です。満開の桜が四股《しこ》を踏むという歌です。世田谷区にあるわが家の近くの砧《きぬた》公園に、じつに大きな桜があります。これがもう、巨大な力士のような凄い大樹なんですね。

ウイスキーは割らずに呷《あお》れ人は抱け月光は八月の裸身のために　幸綱

麒麟《きりん》の脚《あし》のごとき恵みよ夏の人　兜太

天と地をむすぶ柱として立てる一本杉を敬いやまず　（『アニマ』）
空より見る一万年の多摩川の金剛力よ、一万の春　（同）

こんなような歌です。少し意識的にアニミズムの感覚を歌で作ってみたりしています。

金子　これは日ごろ感じていることですが、今の歌もみなそうですが、あなたの場合は韻律に非常に力感があるでしょう。ただ力んでいるというより、むしろ肉体が働いて押し出されてきているという自然な感じがあって、私はその韻律にもアニミズムを感じるんだ。

佐佐木　ああ、韻律ですね。短歌とか俳句とか、五七のリズムがもう日本人にとっては一種のアニミズムなんですね。子供のときから肉体的に五七が染みついているということがあるんでしょうね。きっと。

金子　そうなんです。特にあなたの場合にはそれを感じます。

佐佐木　リズムにもアニマがあって、それが取り憑いている、という感じなのかもしれないなあ。

金子　前登志夫《まえとしお》（一九二六〜二〇〇九）さんの歌も好きなんだが、あの人にはあなたほどの韻律の力がないですね。

佐佐木　〈暗道《くらみち》のわれの歩みにまつはれる螢ありわれはいかなる河か〉（『子午線の繭』一九六四）は、前さんのアニミズムの歌で代表的な一首です。歩いていると螢が俺にまつわりついてくる。俺はもしかしたら河なんじゃないだろうか、といった意味ですが、韻律もなかなかいいと思います。

金子　うん、いいんですけどね。ちょっと虚勢を張っているという感じがどこかにするんです。虚勢という言葉はきついですけど。あなたの場合はこういう韻律がごく自然です。出来の悪い歌でも韻律を味わうという場合があるんです、あなたの作品には。

黒田　佐佐木さんの場合、どの歌にも重量感がありますね。

金子　重量感もある。

佐佐木　まあ、あまり褒められても（笑）。兜太さんの句も重量感を意識して居られるんじゃないですか。重量感を感じます。

金子　あるみたいですね。

立ち上るテナーにからむアルトの尾トロンボーンは青き水くぐる　幸綱

抱けば熟れいて夭夭《ようよう》の桃肩に昂《すばる》　兜太

佐佐木　さっき〈どの本能と遊ぼうか〉を挙げておられましたが、あと、どう句をご自分でアニミズムの俳句として挙げられますか。

金子　さっき〈今日までジュゴン明日は虎ふぐのわれか〉の句を挙げていただいたが、それなんかも自分ではそのつもりですけどね。〈谷に鯉もみ合う夜の歓喜かな〉（『暗緑地誌』）はどうですか。

佐佐木　エロチックだし。

金子　エロス。フロイトは生の本能というんでしょう。

佐佐木　〈梅咲いて庭中に青鮫が来ている〉（『遊牧集』）。ぼくは兜太のアニミズムの俳句というとこの句を思い浮かべます。すばらしいですね。

金子　ええ。言おうと思っていた。青鮫イコール命なんです。直感的に出て来ます。『日常』では〈ジュゴン〉なんだなあ。〈今日までジュゴン〉なんて、まさにそうなんだ。それから、〈長寿の母うんこのようにわれを産みぬ〉がやはり。この「うんこ」なんて得意なんです、自分では（笑）。

黒田　「こんな句を載せるなんて」と怒っている人たちもいるんですよ（笑）。でも、百四歳までお母様は生きられた。いま、こういう句を作って発表される俳人はいないでしょうけどね。

金子　まあ、いないとは思うなあ。

佐佐木　このごろの俳壇の俳句はきれいになりすぎましたよ。和歌に近づいてきている。誕生時の俳句は反和歌だったわけでしょう。和歌では俗なこと、汚いことはうたわないわけです。芭蕉は「鶯の糞」を俳句にしますが、絶対に和歌ではうたわない題材だった。外側から見て、近年の俳句はきれいすぎます。だから、「うんこ」の句は俳句らしくていいんじゃないですか。ともかくアニミズム。

金子　そう。〈谷に鯉〉〈青鮫〉〈今日までジュゴン〉とかがね。

佐佐木　〈人間に狐ぶつかる春の谷〉(『詩經國風』)もそうですね。

金子　ええ、これも得意です。

黒田　〈おおかみに螢が一つ付いていた〉(『東国抄』)はどうですか。秩父では狼が神社の狛犬の代わりになっている場面に出合いますが。

金子　そうです。狼になるんです。

去りゆくは季節、朝雲、夢、女、雄ごころは死まで旅のこころよ　　幸綱

人間に狐ぶつかる春の谷　兜太

佐佐木　この旅館（長瀞・長生館）の入り口に金子さんがお書きになった句の額が掛かっていましたね。

金子　入り口にあったのは〈猪がきて空気を食べる春の峠〉（『遊牧集』）だ。あれもアニミズムです。

佐佐木　猪はイノシシと読むんですか。

金子　シシですね。あれは龍太君が珍しく褒めた句です。あれもそうです。

佐佐木　リズムがいいですね。兜太さんの句には口誦性がある。

金子　自分でもそう思います。

佐佐木　かなり字余りの句でも、そういう感じがします。〈二十のテレビにスタートダッシュの黒人ばかり〉（『暗緑地誌』）

金子　あなたが好きな句だ。これは自分でも好きです。

佐佐木　とてもリズムがいい。覚えやすい。

金子　映像ですけれど、動きが生きているね。

黒田　〈朝はじまる海へ突込む鷗の死〉(『金子兜太句集』)はどうですか。アニミズムではないですね。

金子　うん、ちょっと違うような。

佐佐木　あれは僕、「朝の便所の句だ」とどこかに書いたことがあるんです(笑)。

金子　香西照雄がエレベーターの中でうんと怒ったのはあの句です。「何だ、おまえは！　ああいう訳の分からない句を作って、俳壇に毒を流すつもりかッ」と。厳しかったです。何といっても向こうはオレにとっては先輩だからね。

黒田　振り返ってみたら、ずいぶん昔からアニミストの句ですね。

金子　そう。おのずからそうなってます。

■季語の本意《ほい》には魅力がある

佐佐木　兜太さんの句に出て来る題材は、〈青鮫〉にしても〈黒人〉でもそうだけれど、重い。

スプーンに掬えば春のさざなみのポタージュの皿その上の空　幸綱

若狭乙女美《は》し美《は》しと鳴く冬の鳥　兜太

重量があるというか。そこが読む側には楽しい。なんで重量があるかというのは、さっきおっしゃった本能というんでしょうか、命に関するものだからなのかなあ、命の感覚みたいなものが充填されているから重いんだと思います。俳句では普通は季語が重みになっている。季語は個人の力ではなくて歴史の重みを持つ言葉ですから、その重みでいく。これが俳句の作る楽しみなんだろう。でも、兜太俳句はそうではない。古典派俳人の句では、歴史を持っている言葉、さっきの話で言うと季語の本意を踏まえていて、それが適度の重量を持っている句が読者には面白い。作っている側もそこが楽しくて作っているんだろうと思います。しかし個人の心の問題をそこには入れない。

金子　そうです。私なんか、一時期は本意を外してかかった時期があったんです。自分の今の心で捉えようと。でも、あまりうまくいきませんね、本意とある程度結婚しないと。

佐佐木　そこは俳句の本質的なところだから、それを無視したらなかなかうまくいかないんでしょうね。

金子　そう。やはり日本人だから。それはありますね。しかし、私にとってはまだ宿題だ。だって、完全に今の心でその言葉が使えたら、これは無季でもいいわけでしょう。どんな言葉でもいいわけです、そこへくると。だけど本意ってのは魅力がある。

佐佐木　このごろは短歌でも題詠をやりますが、昔の題詠とは全然違う。ただその言葉が出てくればいいとか、テーマ詠とか言って、アバウトでやっています。テレビのＮＨＫ歌壇なんかはそうです。しかし、昔の題詠はすごかった。題が出ると、仏を崇めるごとく題を三拝九拝して、毎日その季語のことを考えて、季語の出てくる昔の歌を全部洗い出して、本意を身につけるというところからやるんです。そのための題詠だったのです。

金子　そうかあ。大変ですねえ。

佐佐木　ですから、昔の歌論の中に題詠論がいっぱいある。題とどう向き合うか、その心構えが作歌の本道だという考え方です。それは本意とどう自分が向き合うかです。『短歌名言辞典』（一九九七、東京書籍）という本を出したことがありました。古典から現代までの歌論のエッセンスを集めた辞典なんですが、古典歌論を集めてみた、「題詠論」がきわめて多いことにあらためて驚きました。

生きるとは時間の川を抜手きるひとりひとつの影と思いぬ　幸綱

黒田　この国にそういう言葉と人間との歴史があるというのはとても楽しいですね。

金子　楽しい、楽しい。

佐佐木　個性を出す、自分の心を直接うたうというのとは違うわけです。昔の歌人がとらえた言葉の本意をどう理解し、現在に生かすか、そこで勝負するというやり方ですから。

金子　いい意味で二重構造になっている。

佐佐木　そうです。ですから、読み手もそこを知らないと読めない。読む方も訓練が必要だった。今みたいな素人の時代だと読み手も書き手もとてもついていけない。

黒田　年期が入った人だけが集まる。

佐佐木　そうですね。老人の文学になってしまいます。幕末から明治初期の歌壇は、本当に老人ばかりだった。

金子　そうなるだろうなあ。

佐佐木　そこが難しいところですね。

金子　何か麻薬みたいなところがあるでしょうね。本意が分かると、それに全部引きずり込まれてしまう。

佐佐木　そうだと思います。そこにどんどんおもしろみが行ってしまいますからね。すると、自分なんか相対化されて、オレの個性とかオレの美学なんてどうでもいいやというところまで行くんじゃないでしょうか。

金子　今聞いていてふと思った。「時雨《しぐれ》」という季語を俳句に使うとき、「時雨」の本意があるね、そいつに引っ張られている句が今はほとんどだよ。それを無視して「時雨」を使ったような句は私は出合った記憶がほとんどないな。一茶の〈あの山を目利きしておくしぐれかな〉、これも無常がからむでしょう。だから、やはり本意から抜けてないんでしょう。でも、ちょっと面白い句です。

佐佐木　「目利き」って、この句の場合、どういう意味ですか。

金子　自分の墓場にしておくということではないですか。墓場になるかなあ、どうかなあと目利きをしておく。見て確かめておく。〈目利きしておく〉なんて俗語に近い言葉が使えたのがいかにも一茶なんです。これは私は非常に好きな句ですが、やっぱり「時雨」の句だなあと思う。

佐佐木　さみしいですね。

金子　さみしいんです。無常感もからむでしょう。

黒田　一茶の句、歳時記に載っている例句の中で年とともに私にはだんだん光ってみえてきます。それぞれに味わい深くて面白い。

金子　そう。彼は意識しないで、本意なんてのを無視している場合があります。知らないで無視しているのが多いんだろうけれど（笑）。そして、あの人は「景色の罪人」という言葉を若いころはむしろ使ってます。桜が美しいとも分からん、雪が美しいとも分からん、歌の中で雪月花があればすべてが歌だと言われたが、オレにはそんなことは通用しない、あんなものは美しいとは思わないと、そういうことを書いています。そして、季題、季題と言うけれど生活を通さない季題はだめだとはっきり書いている。彼は。

佐佐木　一茶は昔の和歌を読んでいるんですか。

金子　よく読んでいます。どのくらい読みこなしたかは分かりませんが。あの人はめったやたらに書き留める人ですから、書き留めた中にたくさん、『万葉集』もあれば『古今』『新古今』、みなあります。ただ、あまり特定の人をたくさん書くということはしていないから、ただ読んでいたということにもなるんじゃないでしょうか。本当だと贔屓《ひいき》の歌人ができてくるはずですね。

佐佐木　そうですね。

金子　だから、深読みはしてないんじゃないかな。ただの勉強、教養を身につけるというくらいだったと思いますね。

佐佐木　古典を読むことが、言葉との出合いとか、自分の言葉を磨くことになりますが。

金子　そこまで行ってないですね、一茶は。ですから、むしろさっきのお話のように、今の自分の思いを季題に託そうということを優先している感じですね。自分は景色の罪人で、季題はそれに役立つものだけしか使わんとはっきり言っているんです。ああいう人にとっては本意はどういうものだったのか、宿題、一つの問題ですね。もっと洗い出してみたほうがいいのかなあ。

佐佐木　暉峻康隆《てるおかやすたか》（一九〇八〜二〇〇一）先生が書かれた季語の本、『暉峻康隆の季語辞典』（二〇〇二、東京堂出版）は、そういうところに踏み込んだ季語の辞典ですね。

金子　あの本はオレにとっては一番いいね。あの人は本意に踏み込もうとしている。

黒田　あれは大変な本なんです。桐雨《とうう》宗匠没後、雲英末雄先生の大層なお力があって一巻になりました。

金子　大変な本だよ。あれはオレの座右の本の一つだ。

佐佐木　一般の歳時記とは違う。季語の大本、始発点までさかのぼって行こうとしている。

金子　そういうことです。

黒田　ただ、最後のところにご自分の俳句を例句として掲げておられますのが、ちょっと（笑）。でも、最期まで休まずたのしみながら毎日書いておられました。

佐佐木　あの『季語辞典』は早稲田大学を定年になってから書かれたものですね。七十代、八十代の本でしょう。

黒田　そうです。ときどきいくつかの結社誌にも寄稿という形で載せられたのですが、その場合に原稿料は一銭も受け取られない。原稿料を送ろうとするとひどく怒られるわけ。「私はそういうつもりは一切ありません」って。

佐佐木　電話がかかってくるんですよ、朝、早く。「この語、『万葉集』ではどうなっているのかねえ」とか。

黒田　そう。突然、朝の電話で「あんた、万葉時代から散骨ってあったんだよ」とか、言われるんです。「ああ、そうですか」と答えると、「もっと気のある返事をしなさい」なんて（笑）。ご自分ではすごい発見だと思っておられるから。そのころはまだ、散骨、散骨ってあまり騒いでなかったときですよ。ともかく、よく電話がかかってきました。自宅にも会社にも。

そして、あの方は井原西鶴《いはらさいかく》（江戸前期の浮世草子作者・俳人、一六四二～九三）の研究者でしょう。『日本永代蔵』（一六八八）の解説を書くのに、今、米の値段は一キロいくらかを現代に生きる自分が知らないのはまずいというので、近くのお米屋に行ってきっちりメモしてきたそうです（笑）。あの先生は実証的です。そういうことをずーっと通しておられましたね。

金子　ヤマケンさん（山本健吉）もわりあい本意に触れようとしてますね。

佐佐木　そう、和歌も詳しかったですね。『柿本人麻呂』（一九六二、新潮社）という本があります。文庫本（一九九〇、河出文庫）になったとき、解説を書かせていただきました。

金子　しかし、女性とのつきあいの少ない人が女性のあそこに触れようとする感じだ。もう少しつきあわなきゃダメだ（笑）。

黒田　金子さんは山本先生に恨み骨髄（笑）。

金子　例のデッカイ歳時記、ヤマケンも書いている、あれがいつも朝日俳壇のところに置いてあって、われわれもいちおう調べて批評を書くんです。だから、あれを読むんだけれど、一生懸命書いているんだけれど、何だか肝心のところに触れてないという感じ（笑）。その点、暉峻さんは筆が躍って、生きてるよ。

黒田　先生はもう生き生きと。暉峻先生は真山青果《まやませいか》（小説家・劇作家、一八七八〜一九四八）に師事して戯曲作家になろうと思ったことがあったと言ってらした。あの先生のはすべて、読ませますね。いきいきと。講談調だし気合も入っているし、ともかく面白い。

金子　ていねいだしな。現代俳句協会の歳時記がありますでしょ。「通季」なんてのを作ってある。あれなんかも顧問の役割をして下さった。氏の意見がずいぶん入ってます。

黒田　暉峻桐雨先生は私の連句の師匠。杏花《きょうか》の名前を頂いてます。そして先生はともかく金子さんが大好きでした。

金子　うん。オレも好きだった。なつかしいな。

第二日——二〇〇九年九月三十日

Ⅲ　俳句の底力　短歌の底力

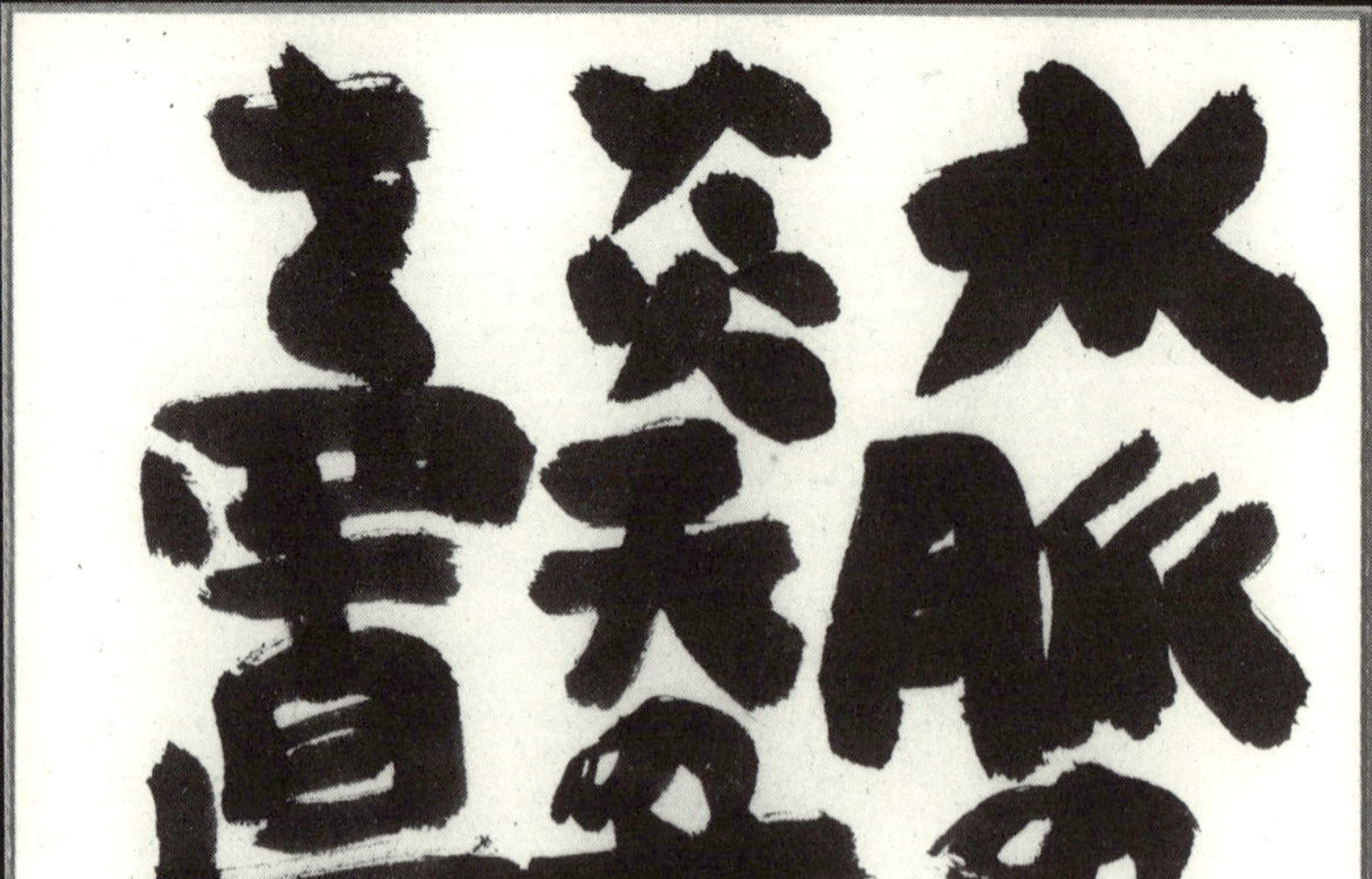

水脈の果て炎天の墓碑を置きて去る　兜太

■「養生訓の人」金子兜太、毎朝の「行」

黒田　昨日のお話の流れで、俳人として、歌人として、プロの作家として、長期の活動をされているお二人ですが、その心身を支えているのが健康で、強靭《きょうじん》な肉体だと思うのです。金子さんは「養生訓の人」として知られるのですが、具体的に金子さんの、今まさに九十になられた段階での日常、養生の実際をお話ししていただけたらと思いますが。

金子　恥をさらすわけでしょうけど、もう歳だからいいでしょう（笑）。私は夜がわりあいに遅いんです。十二時前に寝るほうが体にいいと言われているものですから、十二時前、十一時半くらいに寝るように努力している。それは一つあります。ところが、夜はどうもテレビばかり観てましてね。テレビを観ながらメシを食うのが自分の養生の一つだと思ってますから、夜は何もしないでテレビばかり観ているんです。

佐佐木　夜はお仕事は一切されないんですか。

金子　しません。夜は全くしない。これも原則です。絶対しない。どんなに言われてもしない。

佐佐木　夜は俳句も作らないんですか。

金子　俳句も作りません。大体、嫁さんからは七時から晩ご飯を食えと言われているんだけど、八時になっちゃいます。八時から寝るまで何もしません。テレビだけ観てます。

佐佐木　それは何歳くらいからですか。

金子　これはもう、痛風の発症した六十歳のころから習慣化した。

佐佐木　そんな昔から夜は仕事をされないんですね。

金子　ええ、仕事は全然しません。全くね。

佐佐木　大きなテレビがあるんですか。

金子　倅が気を利かせてくれて、わりあいデカイのがありましてね。私はサスペンスが好きなんです。それも小林稔侍とか、渡哲也の弟、渡瀬恒彦とか、ああいう人たちが好きなんです。一番好きなのは水谷豊。「相棒」というのを演った、あの人が何だか好きでしてね。ああいう人たちのものしか観ないんです。アメリカの、難しいサスペンスがあるでしょう。ああいうのはあんまり興味がない。

佐佐木　僕はギャングものが好きですけど（笑）。

金子　あなたの場合はきっとギャングものが好きでしょう。お若いですからな。でも私は、カー

牛蛙ぐわぐわ鳴くよぐわぐわ　兜太

チェイスとか、ああいうやつは興味がないですね。ガーガーやっているやつは何となく。バカバカしい感じで進行していって、半分くらいで、もう分かったというようなやつが好きなんです。どういうわけか。

佐佐木　「水戸黄門」みたいなのですか（笑）。

金子　そう。「水戸黄門」もけっこう観ます。最近の「水戸黄門」はご覧になりましたか。

佐佐木　いや、あまり観てないですけど。

金子　あれ、とうとうネタ切れになってきた。水戸黄門一行は今度は青森まで行くんですが、芭蕉と曾良《そら》の旅と重なるんです。そして、黄門の仕事を手伝う（笑）。それをこっちは身に引きつけてね。芭蕉主従が出たからと思って、よけい興味を持っているんですけど、面白いですよ。曾良が完全にスパイ、隠密役です。しかも俳諧をやる人の格好じゃないんです。武家を町人化した格好。ま、こんなことを言ってたら先に進まない（笑）。

黒田　とにかく夜はお仕事を一切されないんですね。

金子　しません。うーんとのんびりしたテレビを観ている。しかし、多少刺激的な。

竹群に霧の牛乳を流し込む緘黙にして孤独な巨人　幸綱

漓江《りこう》どこまでも春の細路《ほそみち》を連れて　兜太

佐佐木　僕も夜は仕事をやらないですね。
金子　あなたは「朝型」ならぬ「早型」だと聞きました。
佐佐木　ええ。できるだけ早く酒を飲んで、早く酔っ払って、早く寝る（笑）。暇なときは四時ごろから飲んで、七時ごろには酔っ払って寝ちゃう。そのかわり朝は二時か三時に起きている。
金子　朝が早いとは聞いていたけど、夜もそんなに早いんですか。
佐佐木　ええ。できるだけ早く。週に二回くらいは外に出ていて、夜、遅くなりますけれど、ふだんはできるだけそういうふうにしています。
金子　昨夜なんて、遅くても平気な顔をしていたが。
佐佐木　昨夜、寝たのは十二時ごろだったかな。それくらいなら平気ですけど。
金子　そうですか。やはりタフだなあ。
黒田　完全な朝型。
佐佐木　ええ。四十代後半、五十歳ぐらいだったですかね、完全に朝型に切り替えました。
金子　私の場合は昼型です。夜は何もしない。朝はゆっくり起きる。起きるのは平均九時くらいかな。だから、今日はちょっと早かったですね。

朝、起きまして、簡単な体操をいたします。おなかをタオルでこするというのが中心です。少し荒っぽいのでないとだめですね、刺激をしないと。少し赤くなるくらい。これはいいですよ。

黒田　それはトラック島の時代からやっておられるんでしょう。

金子　そうなんです。みんなから訝《いぶか》しがられて、「腸でも悪いのか」って上官から言われた。

佐佐木　乾布摩擦ですか。

金子　乾布です。右回しですね。内臓は絶対、右回しです。

佐佐木　どのくらいの時間ですか。

金子　そうですねえ。回数で言うと、片回しで、腕力《うでぢから》もありますから。二十回が限界かな。それを今度は逆に、左手で。回し方は同じ、時計回し。これ、外したらえらいことになる。内臓を引っ繰り返すことになる（笑）。右で二十、左で二十を二回か。けっこう汗をかくんですよ。

佐佐木　両手を交互に使うんですね。

金子　そう。これもあるとき、お医者に話したら、「あばら骨と内臓の間をこするか」と聞く

小面となりて在り継ぐ檜《ひ》のアニマむかし浴びにし檜の山の雪　　幸綱

夏の山国母いてわれを与太《よた》と言う　兜太

んです。「こする」と言ったら、「それがいいんだ」って。これは肝臓にいいんだってね。「絶対に境界線をこすれ。ここ（おなかの真ん中）はあまりきつくこすっちゃいかん」と。こういう具合にやるんだ。

佐佐木　ここは図解入りで出してください。この本の目玉ですから（笑）。

藤原　それは先生が編み出されたものですか。

金子　いや、おのずからそうなっちゃった。学生のころ、おじの家に下宿していたんです。そのとき、おじがやっていたんです。それを見て、あ、これはいいなと思って、真似したんです。それ以来のクセですね。

黒田　毎朝、必ずそれをなさる。そうすると、全身のコンディションはもちろん、お通じなどもいいわけですね。

金子　まあ、そうなりますね。そう言いながらも、一時、ちょっと腸がおかしかったことがありましたね。でも、大体いいです。その後で、簡単な体操を、腕を振ったり、そういうことをやります。

佐佐木　それはラジオ体操ではなくて、ご自身で編み出された体操ですか。
金子　自分なりの体操です。特に私の場合は腕を回し、今度は逆回しをやるんです。これがいいみたいですね。体が楽になってくる。その次が竹踏みです。これは回数を数えても数えられなくなった。面倒臭くなって途中で分からなくなる。とにかく横のテレビをつけておいて、朝は時刻表示が出ているでしょう。あれを見ながら、大体、五分から十分、踏む。
佐佐木　踏み続けて十分はかなり長いですね。
金子　だから、ちょっと頭がのぼせてくるよ。
佐佐木　それを欠かさずやっておられる。
金子　あれはいいんです。しだいに力が出てくるんです、下からずーっと。その次にスクワット。
黒田　女優の森光子さんがなさっているのをテレビでご覧になって以来、スクワットをなさっているんですね、同年生まれだからと。
金子　ええ、森光子の真似です。これは百二十回くらいです。あんまりしすぎるといかん。
黒田　数年前、三越劇場での東京やなぎ句会大興業に招かれて行ったとき、私もご一緒だっ

樹にされし男も芽吹きびっしりと蝶の詰まれる鞄を開く　幸綱

冬眠の蝮《まむし》のほかは寝息なし　兜太

たんです。舞台の上で金子さんは前かがみになって立ったまま両手を床につけられたから、みんなびっくり仰天。

金子　あのときはまだ若かったから。今はちょっと無理ですな。それは今はしないんだ。オレは無理は一切しないんです。

佐佐木　朝、起きてから、それだけのことをセットでなさるのは、ずいぶん時間がかかるでしょう。

金子　はい。四十分くらい。けさもそれをやってたんです。それから立禅《りつぜん》をやります。立禅はオレが考え出したもので、あとで説明します。ええと、朝の行事はそれだけかなあ。立禅が済むとバナナ一本とお茶を飲む。嫁さんがちゃんと分かっているから、オレがバナナを取りに行くと、すぐお茶を持ってきてくれるんだ。

佐佐木　牛乳ではなくて、バナナとお茶ですね。

金子　ええ。私は牛乳系はあまりやらないです。ヨーグルトもあまり食べない。痛風のとき、酒の代わりに緑茶を飲む習慣をつけたでしょう。ずーっと続いて、それがいいみたいです。

佐佐木　緑茶はいいみたいですね。ビタミンがあって。

黒田　金子さんは伊藤園の「お～いお茶」新俳句大賞で何十万もの人の俳句を選句されてますので、義理立てされて、伊藤園のお茶でないと飲まれないいんです（笑）。私が違うボトルのお茶を買ってさしあげたら、「お～いお茶」にしてくれって言われた（笑）。

佐佐木　律義なんですね。

金子　そう。外のは絶対飲まない。ついこの前も比叡山に行ったんだけど、そのときも全部これだ。比叡山の坊さんが驚いて、「ここは京都のお茶が有名ですが」と言うんだが、「いや、私は伊藤園です」と（笑）。初めからあの賞の選者をしているものだから、伊藤園から家にたくさん寄越すんですよ。

黒田　今、「お～いお茶」で何十万句も応募が来るんでしょう。

金子　いや、今年はあんた、驚くなかれ、一六〇万句だ。

佐佐木　一六〇万句の応募があったんですか。入選句がパッケージの横にプリントされてますね。

啄木鳥《きつつき》になりからまつの幹を打つ一つ命を仰ぎ見るかも　幸綱

少年二人と榠樝《かりん》六個は偶然なり　兜太

金子　もちろん、一六〇万句全部なんてとても一人の選者には手に負えませんから、現代俳句協会が延べ二百人くらいの選者を出して下選をするんです。これは大事業ですよ。

佐佐木　もう二十年くらい経つんでしょう。

金子　二十年だ。今年、二十年記念の句を作らされました。

佐佐木　一位になると五十万か百万円だとか。

金子　五十万円の他に、自分の句がパッケージにプリントされているお茶がもらえるんです。選者のわれわれにも必ず二ケースくれます。

佐佐木　そりゃあ、応募が増えるなあ（笑）。

■金子兜太オリジナル「立禅《りつぜん》」

黒田　ここで、金子さんから話題の立禅《りつぜん》について、立禅というもののやり方などもじっくり具体的にお話しいただきたいと思います。

佐佐木　立禅だから、立ってやるんですか。
金子　ええ。名前のとおり単純です。立ってやる。車中で坐ってやることもある。黙って突っ立っているから禅みたいなものだという程度のことです。どうやるかというと、長年の間に亡くなった人で、自分にとって印象に残っている人たち、お世話になった人とかいろいろ、つまり私にとっての大切な、特別な人たちですが、その名前をずうっと言ってゆくのです。今、二百人くらいになっているかな。数えませんけれど、あまりふやしても覚え切れないし、時間をとっちゃうからね（笑）。
佐佐木　最初は何人くらいから始められたんですか。
金子　えーっと、最初は二十人くらいのもんだね。
佐佐木　最初その名前は、リストアップというか、書きだしたんですか。
金子　いや、はじめから頭の中だけです。
黒田　そのリストは亡くなられた順ですね。
金子　でもないです。とにかく、最初に言うのは私の郷里の、皆野の本家の菩提寺、円明寺《えんみょうじ》

空より見る一万年の多摩川の金剛力よ、一万の春　　幸綱

毛越寺《もうつうじ》飯《いい》に蠅くる嬉しさよ　兜太

の坊主です。今の前の代、つまり先代の倉持好憲《くらもちこうけん》和尚が私はえらい好きでね。彼とは「肝胆相照らす」という関係があったんです。彼が死んだとき、この男の名前は言い続けたいという気持ちがあったんだなあ。背が高くて、坊さんの大学があるでしょう、そこの剣道部の主将をしていた。全国優勝をした。剣道の達人です。鋭いです。恐らく幸綱さん好みです。私が銀行を退職して家へ帰ったとき、ちょうど好憲和尚が来て、「おお、よく野垂れ死にしねえな」と言われたのを覚えています。いきなりオレにそう言いやがった。そういう男ですけど、何だか好きでね。それが一番。

佐佐木　いつごろ亡くなられたんですか。

金子　私が退職してから、彼は大腸癌の手術をした。それから十年ぐらい生きたから、私がかれこれ七十のころ死んだと思うな。だから、二十年くらい前ですね。私の立禅はそれから始まっているのです。はじめのうちはぼつぼつと、その好憲の名前だけ言いたいという妙なこだわりがあったんですなあ。

因《ちなみ》に申しますと、その好憲がおもしろいというのも、彼は皆野小学校を出て、秩父農林学校に入ったんです。農林を卒業してから坊主になった。農林の試験のとき、筆記試験と口頭試問があったらしいです。口頭試問のとき、「おまえ、ロンドンはどこにあるか知っているか」と聞かれたらしいんだ。ロンドンといえばイギリスでしょう。しかし彼は「ロンドンはオレの町の郵便局の隣にある」と言ったものだから、エエーッと教官がおったまげて、「これはただもんじゃない」というので入れたらしい（笑）。有名な話でね。ロンドンという名のカフェがあったんですよ。教官の口から伝わったんじゃないのかなあ。半分以上のやつが「あいつはバカだ」と言っているが、三割くらいが「これはたいへんなやつだ」ということになっている。立禅を始めたのも、そういう人物に出会ったということが大きいでしょう。

それから後は、加藤楸邨先生、勤めのころの恩人だった鎌《かま》田《た》正美《まさみ》大先輩など、私にとって非常に身に沁みている人たちの名前だ。特に、楸邨、正美、それから堀徹。私は「ほりてつ」と愛称していた。学生のころから私の俳句の指導者みたいな国文学者だったんですが、早死にしました。それと好憲、この四人の名前、これはどうしてもという気持ちになってきて、そこから始まったのです。そこにいろいろな名前がくっついてきた。

満開の桜ずずんと四股を踏み、われは古代の王として立つ　幸綱

酒止めようかどの本能と遊ぼうか　兜太

佐佐木　女性もいるんですか。

金子　ええ、女性だけのグループの場所があるんです（笑）。

黒田　お母様は。

金子　おふくろさんは冒頭です。冒頭におやじとおふくろと、今は亡くなった女房のみな子（俳号・皆子《みなこ》）が加わっています。それから皆子の両親。その五人です。それはもう別格でやるんです。その辺のグループがどうしても言いたかった。それにどんどんくっついていったわけです。

佐佐木　姓も名前も両方言うんですね。

金子　いや。気まぐれでして、あだなを言う場合もあります。きちんと言う場合もあります。

佐佐木　顔を思い浮かべるわけですか。

金子　余裕をとっているときは顔が出ますね。あとは名前だけです。タッタッタッタッタッタッタッと馬が走るように言う場合もあります。ちょっと調子が悪いと停滞します。そのときは自分のコンディションの診断というか判断というか、材料になります。今日はちょっと自重しようとか、そういうことにもなるわけです。これはよろしいですよ。

佐佐木　立禅は、朝、なさるんでしょう。寝る前もですか。あと電車の中とかも。
金子　ええ。時間が余っているときはやるようにしています。いちおう朝と夕方が原則なんですけど、なかなかできませんね。特に夕方はできないから、そういうときは電車の中を使うことがあります。東京へ行ったときは帰りの新幹線の中で必ずやる。
佐佐木　電車の中ではできるだけ立って、やられるんですか。
金子　いや、座っています。列車のシートに座って。
佐佐木　そのときは目をつむっておられるでしょう。よその人は何をやっているのか分からない。ただ寝ているとだけ見えるとか。
金子　何だか知らんけれど、落ち着いた、いい老人だと周囲の人は思っているんじゃないですか。
佐佐木　落ち着いた、いい老人ですか。ハハハハ。
金子　周囲からは好感を持たれていると自負しております。立禅をやっていると疲れがとれてくるんです。東京と熊谷、四十分なんてちょうどいい時間だ。熊谷で降りるときにはスーッと

大木に抱きつく男、あらたまの年かわれどもいまだのぼらず　幸綱

して心身の疲れがとれています。いろいろ効果があると思うなあ。

二階に漱石一階に子規秋の蜂　兜太

■詩人ジャック・スタムのこと

佐佐木　立禅で読み上げる人の中に外国人はいないんですか。

金子　ジャック・スタム（一九二八〜九一）。

黒田　あら、ジャック・スタムの名前を言って下さってるんですか。嬉しいですね。

金子　言っている。外国人はジャック・スタムだけですね。

黒田　ジャック・スタムは私も大好きでした。彼はすぐれた詩人なんです。コロンビア大学を出た人で、日本ではコピーライターをして食べていました。俳句の英訳が見事で、日本航空財団の外国の子供俳句の選者などもしてましたね。金子さんも私も深くつき合った人です。すばらしい人でしたが、癌で亡くなりました。

余談だけれど、ジャック・スタムは俵万智さんの歌集を英訳したんです。文庫で出ています。

時実新子《ときざねしんこ》（一九二九～二〇〇七）の川柳も訳したみたいです。でも彼は、「金子兜太の俳句を訳して死にたい」と言ってたんです。「まず金子兜太の十句を選んで送ってくれ」と言うので、選んで渡したら、病床から「こういう訳はどうか」と会社（博報堂）の私にどんどんファクスしてくるんです。でも、もう時間がなくてちゃんと訳せなかったですね。彼は「金子さんのいい俳句は国際的な存在だ」と言ってました。本質的に放浪詩人。肩書を一切持たないでやっていたの。でも、たいへんな人ですよ。「サントリーオールド　マイオールドフレンド」は彼のコピーだったんです。金子さんが彼の名を毎日立禅で言って下さっているなんて、今、初めて伺いました。涙が出ます。二人とはいないいい詩人でした。

金子　そうです。あの人は忘れられない。私もよく一緒に旅をしました。オーストラリアのブリスベーンに行ったとき、花火を見ようということで、待っている間にハモニカを吹いてくれてね。あれ、忘れられないなあ。いい男でした。まるで絵に描いたような詩人でしたな。

黒田　彼は日本女性と結婚していました。お墓に「Plum blossom/ another year/ another country」〈梅咲いてまたひととせの異国かな〉の自作を日本語と英語で彫ってあるんです。パス

むらさきの半蔵門線みずくぐりすいてんぐうにちかづきにけり　幸綱

長生きの朧のなかの眼玉かな　兜太

ポートを更新して、また一年、日本に暮らすということです。俳人の鑑みたいな人でした。
金子　彼の場合の健康法ですが、疲れてくるとヨガをやってました。「失敬」なんて言って、すぐホテルに帰って自分の部屋でヨガをやってました。ブリスベーンには日航の世話で行ったんですが、ときどきいなくなるんだ。だから、日航の世話役連中が心配して探したりしてた。
黒田　彼は「日本人のくだらない俳句でも自分が英語に訳すととても立派な句になる。それが口惜しいよ」って言ってました（笑）。
金子　この前、柴生田俊一《しぼうたしゅんいち》から「日航財団で『子供国際歳時記』を出すので、序文を書いてほしい」と電話がかかってきた。そのとき、「ジャック・スタムのことも書いておいてもらうとありがたい」って。
黒田　ああ、彼もとてもジャック・スタムを買っていたし、大好きでしたから。
金子　だから、彼にとっても印象に残っているんだなあ。ジャック・スタムの供養になるな、この話はなあ。よかったぜ。

■俳句・短歌の国際化

佐佐木　日航が国際俳句の推進運動をいろいろやったでしょう。あれには柴生田さんが嚙んでいたんですか。

黒田　もちろんです。「アララギ」の歌人の柴生田稔《みのる》（一九〇四〜九一）先生の長子、柴生田俊一さんが『地球歳時記』（日航財団）の構想を企画したんです。私くらいの年齢でして、当時丸の内の博報堂と同じ東京ビルにいらして、彼が『地球歳時記』のコンセプトワークをまとめるとき、私も最初からお手伝いしました。

佐佐木　早稲田大学で英語を教えていた佐藤和夫《さとうかずお》さんと僕は一緒にバングラディシュへ行ったことがあるんです。国際詩人会議というイベントで。そのときに、柴生田さんのお世話でファーストクラスに乗せてもらいました。佐藤和夫は「オレは世界的には正岡子規より知られている」って言っていたけれど（笑）。

神官は神たりし王に仕えけり神たらんと王は黄金《きん》浴びにけり　幸綱

熊ん蜂空気につまずき一回転　兜太

金子　いや、実際、知られているかも知れませんよ。彼は日本の俳句を国際的にした貢献者の一人ですから。

黒田　『海を越えた俳句』（一九九一、丸善）も出されていますしね。

金子　日航財団で俳句、短歌は全部、柴生田が担当しています。この人はおもしろい。ややおもしろすぎだけどね。

黒田　彼は東大の出身。その人が、今思えば日本航空にたっぷりお金があったとき、この地球上の各国の人々が母国語で俳句を作るには新しい歳時記が必要だ、外国には季語なんてないでしょう。それで従来のものとは全く異なる『地球歳時記』を作りたい、そのために金子さんに日航財団のＨＡＩＫＵプロジェクトのアドバイザー、選者になってもらうということだったんです。

佐佐木　あれでＨＡＩＫＵという俳句が世界的に広がったんですね。

金子　国際博覧会に一部屋作って、展示したのが彼です。

黒田　日本航空が元気なときでしたから、世界各国のＪＡＬの営業所にその国の言葉で作ったポスターを貼って、あなたの俳句を日航財団に送ってくれということを知らせるわけです。そういうコピーもみんなジャック・スタムが書いていたのです。それで、世界中からどっとＨＡＩＫＵが来たわけ。

今思い出したけれど、柴生田さんが日本の俳句の季語とか何かを超越して短詩というものを作るということを世界にＰＲしていこうと考えたとき、それにふさわしい俳人といえば金子さんしか思い浮かばなかったんだよとジャック・スタムが言ってました。季語がなければ俳句じゃないとか言っている人だったら、その仕事はとてもできないでしょう。そして、日本人が作った俳句を詩の言葉として見事な英語に訳す。まず英語に訳せばそれを読んだイタリア人がイタリア語に訳せる。そのために、まず英語に訳した言葉が優れた詩になっていないと意味がないということを彼は強調したのです。スタムはコピーライターとして暮らしていて、博報堂の国際部に出入りしていたので、私とはもともと親しかったのです。

藤原　日本語の五七五を英訳するとどうなるのですか。音韻は難しいでしょう。

黒田　三行詩です。例えばさっきのジャック・スタムの〈梅咲いてまたひととせの異国かな〉という日本語で作った句を「Plum blossom/ another year/ another country」と自分で英語に訳す。

FDのラベル貼りつつてのひらに燕おくあおぞらのこころ　幸綱

青春が晩年の子規芥子坊主　兜太

日本人が英訳しても、ここまでジャンプできないでしょう。彼は両方の言葉が自由に書けるから即座にそれができた。そういうことができる人材がいないと俳句のいい英訳はできないんです。

金子　藤原さんの質問にオレの立場で答えると、ゲイリー・スナイダー（アメリカの詩人、一九三〇〜）という、第二回の正岡子規国際俳句大賞をもらった有名な詩人が言ってたんだが、日本語の場合だとシラブル、言葉の数、五七五で、音数律でリズムができる。言葉の組み合わせでできる。しかし、アメリカの場合は言葉の構造上、それはできない。何でやるか。「ストレスでやる」と言った。その言葉が強く私の印象に残っているんです。エッエッエッとアクセントをつけることをストレスと言うでしょう。「ストレスであなた方の音数律と同じことをやる」と、そういう言い方をしてました。そのストレスという言葉が妙に印象に残っていて、なるほどなと思ったのです。今でも外国の俳句はほとんど言葉の組み合わせなんて考えてない。ターッと短く書いて、タッタッタッという感じで音韻をつける。

ちょうどいい機会だ。佐佐木さんについでに聞きたいんだが、短歌の外国語での仕事といったらどうなりますか。

佐佐木　俳句の真似をして五行詩だというのですが、五行だとすごい大きいキャパシティになるのです。

金子　外国人は短いのが好きだ。

佐佐木　日本語に比べると長いですけれど……。まあ、五行もあるとかなりのことが言えます。

金子　長すぎるでしょう。

佐佐木　うーん、分かりません。五行だと例えば場面が言える。ものが出てきて、そこにどういう背景があるかという場面が言えるから作る側はおもしろいみたいです。写真を撮る場合、人物だけではなくバックに工夫や細工ができる。いろいろな構図が楽しめるんですね。

藤原　外国語で翻訳されている短歌もだいぶあるんですか。

佐佐木　かなりあるみたいです。たとえば、毎年出しているでしょう、「年鑑」みたいなのを。ユネスコかな。

金子　向こう、つまり外国に短歌協会みたいなのがあるんですか。

佐佐木　いやあ、まだ。これから作ろうというところです。この間、二〇〇九年五月から六

一生を一所と決めて疑わず俺は俺だと立ちあがる幹　幸綱

花合歓《ねむ》は粥《しゅく》花栗は飯《はん》のごとし　兜太

月にかけて、僕はドイツ、スイスに講演旅行に行きました。ちょうどドイツ俳人協会二十周年記念総会がありまして、そこでも講演しました。今、二百人くらい会員がいるそうで、総会に来た人が三十人くらいでした。一般の人たちもいて、四十人ちょっとの小さな会場でしゃべりました。聴衆はほとんどドイツ人でした。通訳してくれた人は日本人でした。

金子　彼らはかなり関心を持って、短歌を普及する傾向にありますか。

佐佐木　ええ、熱心な日本人がいて、ドイツ短歌協会を創立しようと言っていました。ただ、これまで短歌はほとんど知られていなかったらしい。僕は高校生たち相手にワークショップもやりました。三十人ぐらいの男女高校生に五行詩を作らせました。

金子　どうも短歌、俳句の短詩型は高校生とかあの辺が好きだね。日本でも「俳句甲子園」をやっているでしょう。松山で毎年八月に。大変な盛り上がりだ。

佐佐木　短歌だと恋愛がうたえるから。

金子　それが大きいんだ。『古今集』の勉強ができるとか、そういうこともあるらしい。芭蕉の勉強は野暮でしょう。でも、『古今集』というとえらい洒落た感じになるらしい。

黒田　啄木のふるさと、岩手県の渋民《しぶたみ》でもやってますね。
佐佐木　俳句を真似してやってます。「短歌甲子園」と銘打って。
藤原　ジャック・スタムさんは芭蕉とか一茶とかは訳してないんですか。
金子　現代俳句、現代短歌、現代川柳しか訳してないと思う。古典まで手が回らなかったということかな。
佐佐木　『万葉集』は非常にたくさんの国で訳されています。英独仏、その他、スペイン語、ロシア語、中国語等々ありますね。ただ、『万葉集』以外の古典はそんなにたくさんはないですね。
黒田　コロンビア大学のドナルド・キーン（日本文学研究者、一九二二〜）先生のお弟子さんのジャニン・バイチマンという女性が大岡信さんの「折々のうた」を訳しているんです。彼女は詩も短歌も俳句も訳してます。彼女は日本の大学で教えていて、日本人と結婚されています。そういう外国人が今は日本に大勢おられます。
佐佐木　今、動きつつあるところですね。今度、僕がドイツに行った機会に、一冊、レクラム文庫で出しました。古典から現代短歌までの中から僕が百首選んで、それをドイツ語に訳した

ひさかたのしろがねしぶく雨を脱ぎ東名高速夕霧を着る　幸綱

燕帰るわたしも帰る並《な》みの家　兜太

ものです。訳してくれたのがチューリッヒ大学のクロッペンシュタイン教授。僕と同い歳の男性です。谷川俊《たにかわしゅん》太郎《たろう》（詩人、一九三一〜）さんとか大岡信さんと一緒に仕事をしている人です。これからも各国語訳がたくさん出るといいですね。

黒田　現代俳句もロシアとかいろいろなところでも訳されているんです。金子さんはフランスのガリマール社から出た「俳句全書」みたいな本のなかで、現代作家としてはいちばん多く作品が訳され、掲載されている俳人ということですから。そういうかたちで、各国の人に読まれてゆくのはこれからです。

佐佐木　愛媛県でやっている正岡子規国際俳句賞はそういう仕事や人を顕彰していて、いいですね。

金子　そうなんです。第一回がイヴ・ボヌフォワ（一九二三〜）、フランスの詩人です。二回目がゲイリー・スナイダー。三回目が自慢じゃないけど私だ。やはり日本人が入らないのはおかしいという意見があって、だれでもいいからつまんでおけってことになった。

黒田　そのときに、大賞ではないけれど、私が『「縮み」志向の日本人』（一九八四、学生社。

二〇〇七、講談社学術文庫）以来、お親しくして頂いてます韓国の李御寧《イオリョン》（一九三四〜）さんがスウェーデン賞をもらわれた。李先生は日本統治下に小学生だったから日本語ができるし、大変にすぐれた詩人、文人です。

■立禅、再び

佐佐木　立禅の話に戻りますが、兜太さんの立禅は、好憲和尚さんやご親族、恩人の方たちのお名前から始まったということですが、今日、自分があるのはそういう人たちのお陰という気持ちを日々呼び覚ます、そういうことから始められたのですか。

金子　だんだんそういう気持ちになりました。だんだんにね。

佐佐木　最初はそうでもなかった？

金子　最初はともかく和尚が忘れられなくてやってたんだが、やり始めたら、恩人が、特に重要な楸邨と鎌田さんと堀徹の三人が忘れられなくなって、言うようになった。その後、今日、

激怒後のわたし泥々の牛となり泥となりくらき穴ぼことなる　幸綱

自分があるのはこういう人もいたなあということで言うようになったのです。途中から、戦争で亡くなった人とか、そういうのが入ってきた。女性も入ってきた。そういうことになります。だから、恩人のすぐ次には両親が出てくるわけです。

黒田　金子さんにはそういう意識はないのでしょうけれど、あのお水取のときに二月堂で過去帳を読み上げるみたいなものですね。

金子　まあ、そういうことになるんでしょうね。あの中には美人がいるんですよ。

佐佐木　「青衣《しょうえ》の女人」。

金子　同じように特別な女性もいます。あとは非常に複雑になってきました。思いつくままという感じも出てきたんだけど。とにかく私の身に沁みている人たちです。

黒田　金子さんのアニミズムに関係のある庭木だとか、長く飼っていらした動物たちも。

金子　ああ、樹木も数本出ますね。それから、うちにいたペット、犬や猫。女房や嫁さんのペット。正直言って私はああいうものは好きじゃないです。生き物を飼うということがダメですね。面倒臭くて。気を遣い過ぎる。だから、私はダメなんだけど、女房とか嫁さんは好きだな。さすが女性だ。
樹木の場合は現在でも生きている樹木です。例えば上の孫、智太郎《ともたろう》が生まれたとき桜を植えたんですが、それは「智太郎の桜」という名前だ。それから、次に厚武《あつたけ》が生まれたときには紅梅を植えました。それは「厚武の紅梅」と。それから私は上武《じょうぶ》大学で五年（教えて）いたので、卒業のときに大学生からもらった寒紅梅があるんです。それもまだ元気ですから、「上武の紅梅」と言ってます。そういう言い方で、植物が五、六本、入りますかね。それらは皆、一種のあだな、ニックネームで呼んでます。読み上げると気持ちがとても通うんですよ。

佐佐木　それはアニミズムですね。

金子　そうなんです。しばらく居た秩父の山小屋で世話をしてくれたおじいさんが立派な老白梅をくださった。それを持ってきて庭に植えてあります。それは「老白梅」と言ってます。それもあります。みんな忘れられませんからね。枯れたときにも頭に残るように、そう思ってます。いや、枯れさせられないですね。

佐佐木　毎日、名前を読み上げられていれば木のほうも枯れられないんじゃないですか。

去年の蟬いまだ染み居る太幹よ夕日のときをきらめきにけり　幸綱

金子　うん、自分でもそう思ってる。それをやると「気」をいただくという感じになる。気力のキだ。

黒田　よく植木屋が「庭に出て足音を聞かせるだけでも、植木にはいい」と言いますから、一本ずつ名前を呼べばそれは何より木にもいいのではないでしょうか。

金子　ああいうのはアニミズムですよね。私が本能なんて限定しちゃったけれど、しないほうがいいかもしれないですね。雰囲気としてもあります。そんなふうに立禅にはいろいろなことが織り込まれていますね。

黒田　でも、たくさんの人や木やペットの順序を間違えずに言うということ。それは毎朝のすごい頭の訓練。

金子　順序を間違ったらハチャメチャになってしまう。一つ間違っただけでも、落語の「時蕎麦」の計算みたいなもんだよ。「今、何刻だ」で、数を間違うでしょう。あれ式になってしまうので（笑）、絶対に順番は決まっている。だから、逆に頭が堅いということだ。柔軟な人だったら覚えているでしょうけれど、私の場合はそういうのはない。順序どおりでないと進まない。

佐佐木　どうしても先に行けなくなるときがありますか。
金子　はい。たまにあります。
佐佐木　そうしたら、また最初に戻られるんですか。
金子　そういうときは歩きます。くるくるくるくる、部屋の中を。電車の中ではそうはいきませんから、しようがないからウーッてやってますけどね。そういうのはあります。でも、結局思い出しますね。
黒田　金子さんとお話ししていて、だれかのお名前が出てこないとき、「今思い出せんけれど、ちょっと待ってくれ」で、そのうち必ず思い出されるんです。それはすごいです。いつも感心してます。
さて、立禅をなさると、一日にかなりの時間をとりますね。でも、それは必ず休まず持続されるわけですね。
金子　はい。それが私の毎日に必要な時間だと思っています。もっとも重要なプログラムだから。

真直ぐをこの世に選び昨日今日ぐんぐん春になる杉の芯　　幸綱

妻病みてそわそわとわが命《いのち》あり　兜太

藤原　ここは誤解のないように伺っておきたいのですが、先生の「養生訓」は決して単なる健康法ではないように思えるのですが。

黒田　もちろんです。金子兜太の生き方です。

藤原　先生が生きていかれる上で、最初の腹回しから、立禅、全部つながっていて、その積み重ねの上に先生の今日があるということ。

金子　イエス、サー。昨日もそんな話になったが、私が考えている「体」ってやつは「心身」なんです。心と身です。幸綱さんが「最近、肉体を身体と言うような傾向がある」とおっしゃってましたね。あれですよ。私はずーっと昔から、心身イコール体。肉体です。

佐佐木　心身一体ということですね。

金子　一体なんです。心を抜きにした体なんて考えられない。逆に心がしっかりしていれば体は丈夫になるという信念もあります。

佐佐木　金子兜太の養生は心身を同時に養っていくための「行」なんだな。

金子　ええ。どうも結果的にそうなったですね。はじめはそれほどに考えなかったんですけど、やるうちにその効果があると思いますから。特に四十分、電車でじーっとしているというのはいいですよ。雑音が全部消えるしねえ。心身を鍛えますから、降りたときにスーッとするんです。乗るときは「バカものがたくさんいる」と思ってても、降りるときになると「みんないい人たちだった」と(笑)。そう思えるほどのたいへんな変化があるんですよ。

■自然に命を永らえる

黒田　『金子兜太養生訓』(二〇〇五、白水社。二〇〇八、新装版)という本は私が書いたんです。タイトルは最初、「長生き歳時記」とかって思ってたんです。あの本に書きましたけれど、金子さんはまず、長生きしようという意志を持つということが前提なんです。作家としてではなく人間として。そのため、いろいろな方法で心身を鍛える。それから人に対してもきちんと接する。それが柱だということが金子さんのお話をうかがっているうちに分かってきた。それで、あのタイトルになったわけです。長生き術とか健康法とかの本は世の中にいっぱいあるけれど、それで

霧消えて人も消えたる橋の上　寂しいなあ鮮明に見える目玉は　幸綱

よく飯を噛むとき冬の蜘蛛がくる　兜太

はない。長命を支える精神と肉体の本。人間として十全な生き方を養う本。

金子　どうもそうなんですね。それもしばらくやってきて分かってくることですけれど。

藤原　今、先生は九十と言われますが、ご一緒していて全く歳を感じさせない金子兜太という感じなのです。

金子　そこなんですが、私は戦争中に命運《いのちうん》が強いということを痛感いたしましたね。ずうっとそのことがありまして、命運が強い自分というのをこのまま保つということがいいんだ、無理に殺す必要はない、それ以上に無理に生かすという考え方が必要だ。この命運の強い自分をこのまま生かすということを考えていこうとずうっと思ってきて、今ではますます深くそれを思っているわけです。そのために今のようなことが出てきたような面がありますね。そして、「ああ、これだ！」というような気持ちになっている。特に立禅はその想いに十分役立っている。そう思っています。だから、何か思っていることがあると万事がそこに収斂されてくる、集まってくるという、そういうのがあるんじゃないかな、人間には。例えば「このヤロー、このヤロー、このヤローッ」と思っていると相手が死んじまうということがあるんじゃないかなあ。これもアニミズムかもしれない（笑）。

黒田　金子さんは全くそう思っておられないけれど、九十はかなりのお歳です。そのくらいの年齢の人は普通、みんな、リハビリとかケアハウスとかいろいろなところに行くじゃないですか。行くと必ずお金がかかる。でも、金子さんのやっておられることは全部、一切お金がかからない。お医者さんに行くわけでもないし。プログラムは自分のやり方でご自宅と公共の電車の中でこなしておられるわけですから。

金子　そうそう、全くそうだ。

黒田　もちろん常日頃からマッサージなどには行ってらっしゃるようですが、「立禅」などは完璧にご自分で編み出された心身を鍛える兜太オリジナルの方法だから、世の中の方々に広く知っていただいたほうがいいんじゃないかと思って、あの本をまとめたわけです。

佐佐木　これから、兜太さんを教祖にして、われわれが立禅の指導員になって、立禅三段、四段とかの免許を出して儲ければいい（笑）。

金子　幸綱さん、その教団の名前は「命永らえ教」だ（笑）。自然に永らえるという方法が何

へたくそな俺の葉書の字と出逢う昔もいまも雲のような字だ　幸綱

より大事だ。

佐佐木　無理はしないということが「命永らえ教」教団の教え（笑）。

金子　無理しちゃいかん、絶対いかん。人間として自然に永らえる。これが大切なんです。

佐佐木　立禅とは言葉ですね。特に固有名詞。立禅では頭の中で言葉が立ち上がる。繰り返し繰り返し言うことで言葉を立ち上げる訓練になる。言葉に対する反応が肉体化していくことになるんでしょうね。言葉は心の結晶だから、それを肉体化していくということになる。

金子　そのとおりです。今、あなたの言っておられるのは言霊を噛み締めるという感じだが、それが基本です。そこが大事なんです。

佐佐木　だから、本当は声に出したほうがいいのかもしれない。発音したり。

黒田　しかし、心に残る方々の名前を毎日休まず全部唱えるということは大変な「行」ですね。

金子　うーん、声に出して電車の中でやるとコレだと思われる（笑）。

佐佐木　毎日、お経を唱える、あるいは神仏の名を唱える、あれと同じことですね。

金子　そう、あれだ。おっしゃるとおりです。佐賀の人で、朝日俳壇に長いこと投句していた人がいる。私と文通がありまして、私が「立禅というのをやっているけれど、なかなかよろしいですよ」と言ったら、彼は「自分は朝晩、観音経を唱える。それと同じことでしょう」と言ってましたね。この人は九十九歳で死んだが。

佐佐木　同じことだと思いますね。ただ、兜太さんのは読経の私家版で、多様性がありますね。ご自分の記憶、自分の人生そのものと重なっているから。個人的な立禅のほうが読経よりずっとインパクトが強い。

黒田　恩人の名前を言うだけではなくて、お孫さんの名前を冠した植物とか、ペットの名前、愛犬のトマトとかケチャップでしたか、そういう名号が出るというのはオリジナルなものでしょう。お世話になった人に感謝して、名前だけを言うのとは違うんだなあと思ってずっと感心してます。

佐佐木　僕も三十人くらいから始めようかと、今、思い始めました。

金子　ああ、ぜひやってください。幸綱さん、歳もちょうどいいんじゃないかな。いや、これ、続けるといい意味の醍醐味がありますよ。

今年また五月の水に自らの影をうつして田を植える人　幸綱

おおかみに螢が一つ付いていた　兜太

佐佐木　やはり初歩は二十人か三十人からしか始められないですね。

金子　そんなもんでいいですね。オレの場合も四、五人だったんだから、出発点は。これはお奨めだ。話しているうちにますます自信が出てきました。正直なところ、どこかで自信のない時期も実はあったんだけどね（笑）。

黒田　金子さんをお連れして東京やなぎ句会へ行ったとき、小沢昭一《おざわしょういち》（一九二九〜）さん、永六輔《えいろくすけ》（一九三三〜）さん、（柳家《やなぎや》）小三治《こさんじ》（一九三九〜）さんたち、みなさんがいらして、お座敷でやっていているんです。途中で金子さんが「ちょっと便所に行かせてください」と言って、何にも摑まらないでスッと立たれた。そうしたらみんなが「すげぇなあ。オレたちだったら、机に手を突いてヨッコラショとか言いながら、フラフラヨロヨロと立つ」って（笑）。帰ってこられたら、またスッと座られたから、みんな、またまたびっくり。あの方たちいまだにそればっかり言っておられる。

金子　小沢さんはあのときのことをよく言うねえ。

黒田　あの方だって役者さんですから、体は鍛えてらして、かなりのことはおできになるんだけれど、あの時はともかくみんなアアーッという感じでしたね（笑）。兜太さんに圧倒されてしまって。

金子　芸能人があんなに腰が弱いってのも初めて見ました。

黒田　金子さんは毎朝、竹踏み三百回をなさってますから。

金子　彼らはあまり鍛えてないいんだなあ。意外だった。

黒田　小三治さんもあらゆる病気を持っておられるし、ともかく金子さんほどに毎日たゆまず鍛えつづけている人はあのメンバーにはおられません。

金子　逆に暇だってことなんだよな、こっちが。彼らは忙しいんだ。売れてんだよ。

黒田　先生がお暇なことはないはずです。連日これだけお忙しいんですから。だけど、自分で設定されたそのプログラムは絶対に欠かさない。それから、夜は仕事を一切なさらない。

金子　おっしゃるとおりだ。オレはその時間は、決めたことを必ずやる時間と決めている。その余分の時間で引き受けたいろいろな仕事をやっている。

黒田　鶴見和子さんと対談をされたときも（『米寿快談』）、朝、約束の時間にお部屋にお迎えに上ったら、待っててくれとおっしゃって、出てこられない。その間、立禅をされていた。それで、

三月《みつき》にて離婚されたる美可さんが宣長の妻として歴史にのこりぬ　幸綱

ものすごく元気になられて、二日目は俄然、反撃に転じて、あの和子さんを圧倒されたわけです。

金子　しかし、すべてを仕掛けたのはあんただろう（笑）。あの対談もなあ。

黒田　金子さんは対談の第一日目は和子さんにやられっぱなしで、どうなることかと思いましたよ。

金子　ここ（長生館）の女将さんからも褒められた。「二日目は見事にやり返しましたね」って（笑）。

黒田　普通だったら、初対面の人の暮らすケアハウスに連れてこられて、どうなるかと思うじゃないですか。でも、一夜明けるとしっかりとご自分を立て直すというか、コンディションを見事に整えられるという事実を目の当たりにして、驚きましたし、感動しました。

佐佐木　夜は仕事をしないということですから、限られた時間にすごい集中力で仕事をされるのですね。

金子　ええ。そういうことですね。考えてみましたら、うちで仕事をやる時間は一日に三時間から四時間です。だから、集中します。逆に、集中する習慣もできたということかなあ。ずっところうふうにやっているとね。

黒田　毎週、金曜日は朝日俳壇の選句に朝日新聞社に向かわれますね。毎週金曜日はそれだって決めてしまわれて淡々とこなされる。平常心で。

金子　あれも熊谷発十時十何分かの新幹線で行くとはっきり決めていて、先方には了解をとってあります。電車のシートに座って、立禅の時間をとる。ちょうどいいんです。行くとすぐメシを食う。十二時から仕事が始まる。五時近くまでやります。ちょうどいいんですよ。

黒田　この日はその後、必ず取材を受けるとか、東京でのスケジュールをそこに入れてしまう。

金子　大体そういうスケジュールで毎週やってます。

佐佐木　時間の使い方ですね。見事だ。

金子　いつの間にやらそうなってきた。

佐佐木　無駄がない。美しい時間割だなあ、九十歳の俳人の。

藤原　人間は八時間も九時間も集中なんてできません。限られた時間の中で集中する。しかし、その前に瞑想に耽る。立禅は多分そういうことだと思います。体を動かすというのもそうですね。そ

みちのくを北へのぼればさらさらに早苗をつつむやわらかき雨　**幸綱**

ういうことで助走をされているんですね。
金子　ああ、さすが、ジャーナリストですね。いい勘だ。朝、目が覚めるでしょう。窓を開けて、一時間近く寝床の中で仰向けになっている。例えばその間に構想を作るんです。昨日と今日の対談の自分なりの構想もそこでできるんです。全部、横になって作ってます。そして、起き上がって、さーっと紙に書く。それでおしまい。
黒田　私がこの二日間の対談の組み立てのメモをお送りするでしょう。すると金子さんからすぐ電話がかかってきて、「私のアニミズムについてどうも佐佐木君は疑問を持っているようだから、今回の対談のどこかでそれを私がきちんと話さないといけない」と言われる。
金子　あの構想が抜けてたなとか思ってね。
黒田　普通、恐らく九十歳の人はそんなことはおっしゃらないですよ。「任せるわ」とか、おおむねそうなるんですが。
金子　うん、あまり歳は考えないね。全くと言っていいかな。歳は考えない。オレは。そうだそうだ、大して自慢にもならないけど、オレは日記を毎日つけている。トラック島でもつけて

秋高し仏頂面も俳諧なり　兜太

たんだが、それは終戦の時に焼却したんだな。今となれば惜しいことなんだが。しかし帰国してから今までのものは全部残ってる。それが、今のオレの支えかな。

■自分の肉体の声を聞け

黒田　金子さんが現在の幸綱さんくらいのお歳のときから私はずうっと、朝日カルチャーセンター新宿で最低でも年一回はご一緒に四時間余りに及ぶ公開講座をやってきてます。歳とともにいいお顔になられた（笑）。七十歳のときはこういうお方ではなかった。もっとギラギラされていたというか、戦闘的というか、キツイというか。ともかくこんな金子さんではなかった。

金子　どうもそうかもしれない。

黒田　はっきり一年ごとに変わってこられたんです。とくに八十代に入られてからぐんぐんといいお方に（笑）。

佐佐木　仙人になられたんですか。

笑う写真一枚もなき啄木の写真を並べ貼る春の壁　幸綱

左義長《さぎちょう》や武器という武器焼いてしまえ　兜太

金子　いや、センニンではなくて、まだヒャクニンくらいです（笑）。
黒田　やわらかになられた。「いい歳をとられた」ということですか。本当に変わられたのよ。確実に変わった。もう去年ともはっきり違うんです。去年の金子さんはこういう感じではなかった。
佐佐木　六十、七十くらいまでは競争心を強烈にお持ちだった。俳壇にはその前後、かなりの強敵がいたでしょう。
黒田　それなんですが、かなり昔、ある俳句雑誌の連載鼎談があって、「先生は龍太先生や森澄雄先生と話されているとき、なぜ、もっとテキパキと発言されないんですか」と伺ったら、「相手にならねえ」とか「言っても無理だろう」とか、笑いながら言われた（笑）。でも、お三方の発言を読んで、当時、みんなは「金子兜太はバカだ」とか言っていたわけ。
金子　あの連載は評判が悪かったなあ（笑）。
佐佐木　兜太さんに転機があったとすればいつごろですか。
金子　おのずからなんです。だんだんそうなってきたんでしょうね。いや、そう言われて一つだけ気づくのは、六十代で痛風になったでしょう。その療法に漢方薬を使い、少し体も鍛える。

特に食事を考えた。

佐佐木　酒もやめられたでしょう。

金子　酒もやめた。〈酒止めようかどの本能と遊ぼうか〉だ。

佐佐木　タバコもやめられたんですか。

金子　タバコは四十九でやめました。それをやっているうちに成り行きに任せるというか、ありのままにしているということが身に沁みてきたというか。頭で分かるのではなくて体で分かってきた。立禅も、七十代か、八十になるころから思いついたのかもしれない。うーん、どうも七十代ごろだったかも知れませんなあ。

転機といえば、立禅の影響が大きいですよ。ありのままでいるということが体に沁みてきた。それと痛風だから、体を無理しちゃいかんということ。これはひとつ、大きいですよね。「どの本能に従って生きるか」くらいの自然さで体を培っていったほうがいい。そういうふうに思うようになったのが六十代半ばくらいからかな。そこで立禅が加わってきて、しだいにありのまま、自然に行くという考え、心身がそういう状態になってきたということでしょうか。

はじめての雪見る鴨の首ならぶ鴨の少年鴨の少女ら　幸綱

木や可笑し林となればなお可笑し　兜太

だから、自分でも人から言われて驚くほど、今、自分が柔軟になっていることに気づきますね。同時に、人の言うことにあまり腹が立たなくなりました。

黒田　以前は人の顔を見たらすぐにケンカをしかけていた。「先手必勝で、まず相手を殴った」って有名ですよ（笑）。

金子　でも私は、ご本人が今ここにおられるが、幸綱さんに初めて会ったとき、全く私と同じタイプだと思った。戦闘型の人だと。

佐佐木　ハハハハハ。

金子　戦闘型の人へのインティメイトというか。それで、あなたに親近感を持った。それが始まりだったですよ。あのころはこの人のことを、運動が好きで、ラグビーが大好きで、ケンカっ早い人だと思ったから親近感を持った。私の中では幸綱さんに対して確かにそういう時代がずーっと続きました。

佐佐木　僕が二十代で、兜太さんは四十代でしたからね。昔はそういう激しい生き方をしたことがありますが、ある時代から僕もソフトになったと言われます。どの辺からですかねえ。五十代になるころでしょうか。

黒田　優れた作家は世の中にたくさんおられます。金子さんはそのティピカルな例のお方です。自分というものは「我が道を行く」だから、人と比べるとか、人とどうとかということはあまり思っておられなかったのではないか。佐佐木さんも恐らくそうでらしたと思うのです。「唯我独尊」という意味ではないですよ。自分という道がある、とお考えのお二人でいらっしゃること。それが今回の歌俳壇巨頭対談の出発点です。

金子　オレは同感だな。その発想に。

黒田　金子さんはお若いとき、「オレは会ったとたんに相手にまずアッパーカットを食らわせる」と言われた（笑）。敵に囲まれたり、そういうことがあったときはそうすると。しかし、ともかく自分の道は自分だということですね。普通の人は、人と比べるとか、人より出たいということだけれど、金子さんにはそういうことは全くお考えの中にない。

佐佐木　昔の人には、円熟とか達成とか、老いのあるべき姿、型みたいなものがあった。それが今はアンチエイジングの時代で、円熟・達成に向かって進んでゆくのではなく、ブレーキを

> **朝酒の楽しみつづき居るうちに夜が来て夜の酒を楽しむ**　幸綱

かけながら、老いないように老いないようにと生きるでしょう。その生き方には型がないんだな。だからみんな、困っている。どう老いを受け入れたらいいか、手本がないんですね。しかし、兜太流は、自分の心身の言うことを聞いて、本能の示している方向に素直に行けば、おのずから九十代の生き方も見えてくるという、そういうことではないでしょうか。手本や型に従わないでもね。

金子　そうです、ズバリ。

佐佐木　僕も三年ほど前に眼底出血になった。眼底の血管が切れるんです。目ではなく、脳や心臓の血管が切れたりしてもおかしくなかったと医者に言われました。危なかったのです。

黒田　眼はその後。

佐佐木　なんとか、大丈夫になりました。多少見えがわるいですが。健康問題にぶつかったのは四十代後半でした。急にタバコが吸えなくなったのです。それまでは一日百本くらい吸っていた。それがある日、あるときから、タバコを吸うともどしちゃうようになった。それでも我慢して一月《ひと》くらい毎日、もどしながらタバコを吸ったんですけど、どうしても吸えなくなってやめました。僕がやめたころ、池田満寿夫《いけだますお》（画家・作家等、一九三四〜九七）さんが新聞に書いているんです。「自分はタバコを吸えなくなった」と。まったく同じ症状なのです。池田さんはそれから半年くらい後に亡くなりました。だから、僕も相当危ないところに行ってたんじゃないか。内臓が極度に弱っていたんですね。そして眼底出血ですから、今の兜太さんのお話、分かるなあと

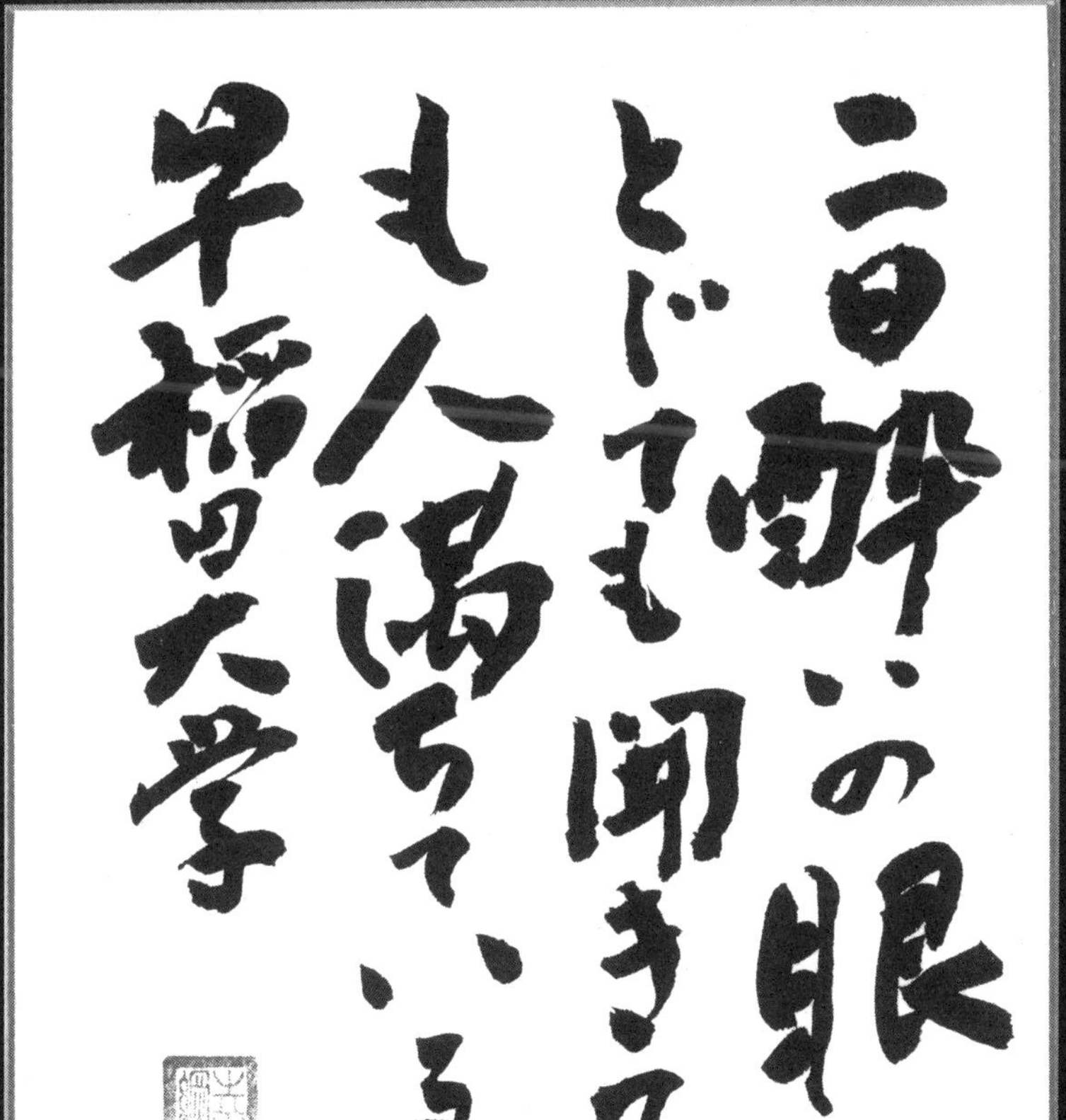

二日酔いのまなこ閉じても開きても人満ちている早稲田大学　　幸綱

みどりごのちんぼこつまむ夏の父　　兜太

思います。自分の肉体、心身の声をよく聞かないといかん。無理しちゃいかんという話がでましたが、激しいものを多少警戒するようなところが出てきましたね。

僕はいわゆる六〇年安保の世代です。子供のころは西部劇を見て育ちました。青春時代は石原裕次郎映画の時代です。ボクシングがはやり、スポーツカーにあこがれ、全学連として国会デモに行きました。ウイスキーをストレートで飲むのがカッコイイと信じていました。短歌も、だから、激しい歌をつくっていましたね。激しいものがいい、「過激」が美しい、強い酒がいい、タバコもフィルターがついているものは吸わない。中年までずーっとそれをやってきたのです。最近、映画俳優の山城新伍《やましろしんご》（一九三八〜二〇〇九）さんが亡くなったでしょう。彼も僕と同じ歳です。彼は最後まで強い酒を飲んでいたらしい。

そのことでテリー伊藤《いとう》（一九四九〜）さんが、彼は僕らより十歳年下の団塊の世代ですが、こう言っていました。「山城さんの世代は、養生するのは恥ずかしいことであると考え、不摂生な生活を通した。絶対に医者に行かない、薬は飲まない、酒はセーブしない。ああいう生き方があっていいいんじゃないですか」とコメントしていました。石原裕次郎がそうだし、美空ひばりもそうだった。一番すごかったのは赤塚《あかつか》不二夫《ふじお》（漫画家、一九三五～二〇〇八）ですね。あの人は「過激」で最期までいった人でした。過激の美学です。僕もその世代ですから、今でも弱い酒を飲むのは恥ずかしいとか、そういう感じを持っているわけです。短歌もそうですね。

金子　ああ、あるある。『直立せよ一行の詩』（一九七二）とか。

佐佐木　それがこのごろようやく、肉体の声に従って少しマイルドに、ソフトになってきた。あまりつっぱらないで、自然に生きるのがいいのかな、というところでしょうか。肉体の声がだんだん強くなってきた。そういう感じはたしかにありますね。それでも、なかなかね。抵抗感があるんです。そのように変わっていくのは物書きとして挫折だと言う人もいるし、そう思う自分もいるわけです。正直言って難しいところですね。

金子　うーん。幸綱さんは過渡期か。今の話でわかったんだが、初見のとき、この人は他人のことは全然問題にしない男だと妙な自立性を感じてねえ。ちょっと羨ましかったですが。

黒田　ずーっとまぶしい歌人。圧倒されますよね。

金子　うん。われわれの世代はそこまで行ってないからね。それを感じて、その印象が強い。

柚子の香の残れる口があっと言う夜のくちびるちいさく開けて　幸綱

長寿の母うんこのようにわれを産みぬ　兜太

だから、黒田さんが言われるようにこの人はよほど家柄がいいんだろうという発想になる。それも今日、確かめておきたかったけれど、今の率直な話でよく分かった。家のことなど、あまり気にしてないと。

佐佐木　ええ。あまりそういうことは気にしなかったですね。

金子　ねえ。だって、今回、そちらからの話にも全然出てこないから。

佐佐木　いや、息子についてもそういうことを言う人がいます。「お宅の息子さんは歌の家に生まれてずいぶん苦労しているんじゃないか」とか。僕はそんなこと思わないし、息子も思ってないんじゃないかと思います。

黒田　幸綱さんのようなお家柄の人が荒凡夫になるというのは難しいかもしれないけれど。金子さんは荒凡夫として、凡人として生きるとも、よくおっしゃいます。「知識人としては生きない。ああいうものはよくない」とおっしゃるのは、普通の人としてということでしょう。そんなことを繰り返し、はっきり公言される方はいないですよ、見渡してみて。

金子さんが、戦場に行かれて、生きて帰ってこられたということは私たちにはとうてい体験できないことなんです。だから、講演のときとか何かのときに「彼らの非業の死に報いる」とおっしゃっても、言葉としては分かるけれど、私自身は体験をしていないから実際のところは分からない。でも、金子さんは戦争の話は最近まであまり語られなかった。戦争のことをずっと語ってこられた六林男さん、鬼房さん、三橋さん、いろいろな俳人がいらっしゃったけれど、金子さんはその中でいちばんおっしゃらなかった方です。だけど、自分の強さの源は戦争から生きて帰ってきたんだということと、その後の人生で冷や飯を食ったこと、この二つだと私には何度もおっしゃってこられました。他の人はカッコよく、作家としてどう生きるとか言うけれど。金子さんはともかく、「長生きする以外に自分には能がない」と言い切られるのです。それって、すごい人生観ではないですか。その信条に徹さないと、今お話し下さったような心身トレーニングの過激プログラムは持続できないのではないかと思います。

あかるさは遠くにありて金華山あたりをうごく夏の日の筋　　幸綱

少年老ゆ懸巣《かけす》も百舌《もず》も鳴くわいな　兜太

■どん底から生まれ出るもの——川崎展宏《かわさきてんこう》の俳句

佐佐木　ところで、川崎展宏《かわさきてんこう》さんが昨日（九月二十八日）の朝日新聞に俳句を発表されていましたね。

聴いてごらん朝ひぐらしが鳴いているよ
画用紙をはみだしたまま梅雨の月
蜩の椅子と名付けて腰掛ける
タオルケット一枚加へ僕の秋
いろいろあらーな夏の終りの蟬の声
八月や有為のおくやま今日越えて
朝顔は水の精なり蔓上下

命の木とんぶりを待つ箒草
猫じやらし振り振り膀胱癌の話
秋空の底に鍋蓋洗ひ物

金子　あれには私、うんと喜んでます。

黒田　川崎先生がたいへんな病苦の中でこういう作品を発表された。金子さんはご縁が深かったし、幸綱さんもよくご存じの俳人です。人間には生老病死のどん底でも逆に秀れた句や歌が出てくる証しとして、私はすごいと思ったのですが。

金子　展宏の句にはずーっと長年親しんできたんだが、率直に言って、前はもっときちんとした句だったですね。

黒田　非常に端正でした。

金子　「おまえの句は典雅な感じだ」ということを言ったことがあります。少し褒め過ぎだったんだが、それくらい非常に品のいい句でしたね。それがこんなに砕けたでしょう。これを読ん

てのひらのはるよわよわし　拾い来し雛の目白がふるえつづけて　幸綱

ゆっくりと飯噛む天道虫と居て　兜太

で、ちょっとオレは感心したんだ。この人は長生きしますね。典雅な状態で病中から句を発表していたら、どこかに無理があるからそう長生きしない。でも、今回の作品は自分の状態に即して砕いているから。この作者は長生きしますね。

佐佐木　アニミズムになられた。

金子　もともとあの人はそういう体質の人、そういう本能の持ち主ですけれども、今回の作品では特にぶちゃまけたという感じがする。だから、句の善し悪しを超えてこの作品群はきっと残ると思いますよ。ともかく私は、川崎展宏のこの成り行きには非常に賛成ですね。

佐佐木　本当に自然体というか。

金子　そうなんですよ、自然体になってきた。管を使って、おなかから食事を摂っているような状態になってから自然体になってきたということで、逆に病が養われるというか。さっきの話と重なるんじゃないかな。ありのままになってきた。普通、病気だと治そうと努力したり、いろいろな無理をするでしょう。精神的に悩んだり。でも、少なくともそういうものはおのずから消していくという感じがするんだ。

佐佐木　タイトルに「うたをよむ」とあります。「俳句を作る」と「うたをよむ」では全然違います。理屈を言うと、「よむ」はすでにあるものを、何かの中から取り出してくるという意味です。「数をよむ」とか「月をよむ」って言います。三日月だとか四日月だとか、月齢いくつかを月から「よむ」わけです。陰暦はそれで日付を取り出した。すでにあるものを取り出してくるというのが「よむ」ということですから。自分が何かを作るのは「よむ」ではない。「よむ」は創作ではない、「素直」にものの中にあるものを取り出したという感じなんでしょうね。〈猫じやらし振り振り膀胱癌の話〉はつらいけれども素直ですね。いいと思う。

金子　そうだ、これいいですよ。

黒田　〈タオルケット一枚加へ僕の秋〉の「僕」なんて、こういう言葉をここに置いて。川崎先生からはよくお葉書などもいただいていたのですが、こういう句を拝見しますとね。

金子　これまではあまりこういう使い方をしなかったね。「膀胱癌」なんて、こういう言葉だって彼はけっこう警戒して使っていたから。

黒田　金子兜太化されたんじゃないですか（笑）。

立春の日の夜空飛ぶネグリジェの大群　明日の天気は晴　幸綱

母逝きて風雲《かざぐも》枯木なべて美《は》し　兜太

母百四歳にて他界

金子　うん、それは若干感じるところがあるんだ。

黒田　川崎さんは若いときの金子兜太さんの『少年』という第一句集が大好きで、その後はよくないと言ってらした（笑）。

金子　そう。オレの句は「屈折が強くなったのが嫌いだ。もっとすっきり言わないかん」と言われたな。うーん、確かに今回の句は大きい成長だと思うな、オレは。

黒田　体の声を聞いて、という感じですね。

佐佐木　川崎さんは八十歳くらいですか。昭和の初めのお生まれですね。

黒田　ええ。八十を過ぎておられるでしょう。今、口からは食べられないんでしょう。

金子　脇腹から入れている。

佐佐木　すごいですねえ。

金子　しかも、自分で立ってトイレに行くしね。あの句を作る前の週に病院に入院して、食べ物を入れる管を取り替えて、洗滌してきたって。それで帰ってきて作った句らしい。

佐佐木　胃は働いているんですね。

金子　そのようです。ここ、喉が機能しない。嚥下能力は全くない。

佐佐木　つらいですねえ。

金子　今年の春に行ったときはしゃべっていたな。頭は全然壊れてない。

佐佐木　車椅子ですか。

金子　はい、車椅子です。彼の場合はパーキンソンに加えて、前立腺癌が入ったんです。その療法の治療薬の関係がまずかったらしい。これは正確な情報ではないです。あくまで素人から聞いた話です。その辺にちょっと恨みも残っていたと思うんだが。しかし、この作品からはそういうのが全部消えちゃっている感じがする。

佐佐木　おかしみはないけれど、とぼけはありますね。

金子　出てきたんです。うーんと出てます。それから句が長くなってるでしょう。韻律にそんなにこだわらなくなった。それだけ自由になったんだ。

黒田　金子さんが昔、私に「おまえさん、川崎の句はどうだ。オレはあんな玄人芸者のような句は絶対作らないぞ」とおっしゃってましたが（笑）、それほど巧みな、芸のある句を作って

ケイタイの圏外に来て新芽から若芽にそだつブナ仰ぎ居り　幸綱

いのちと言えば若き雄鹿のふぐり楽し　兜太

らしたわけです。金子さんの句柄とは全然違っていました。

金子　優秀な国文学者ですから。特に文法など、ものすごく詳しい男です。だから、作品は典雅です。

佐佐木　これは裸の句ですね。

金子　そうです。裸、自然。オレには好ましい。

佐佐木　病気にならなかったら、このようには変化されなかった。

金子　そう。また、あれだけのひどく辛い病気になって、作品がこうなれたというのはえらいですね。本物のインテリゲンチアの感じがする。おなかから食事をするようになって。これならあと十年は楽に生きるんじゃないかなあ。

佐佐木　今回の十句には膀胱癌の他は病気のことが出てないですね。病気の句ばかりではないほうがいい。

金子　膀胱にも転移したんだな、これを見ると。うーん。この作品をいろいろな病院に配って、医療関係者によく読めと言いたいね。彼は立派だ。

佐佐木　病気の句、老齢の句は、長寿社会での大事な世界になってくるかもしれませんね。
金子　なりますよ。すでになっているが。

■最近の朝日俳壇・朝日歌壇――愛好者たちの場

黒田　ここで、ぜひ、お二人にお話ししていただきたいことがあります。一般の俳句、短歌愛好者は、結社に入っていなくても新聞歌壇、俳壇という場があって、そういうところに投稿できるわけです。お二方とも朝日歌壇、俳壇の選者でいらっしゃいますが、そのお立場から見た、現在の状況はどうでしょうか。
佐佐木　短歌の方は、投稿者の数が一時期よりもふえている感じです。俳句はどうですか。
金子　ちょっと減りかけてきてますね。
佐佐木　総数は俳句の方がずっと多い。短歌の倍近くだと聞いています。
金子　ええ、依然として。六、七千はあります。

なにものも載せぬ百年　古伊万里の孤独極彩色の孤独よ　　幸綱

亡妻いまこの木に在りや楷芽吹く　兜太

佐佐木　短歌のほうは三千から四千くらいですから。

金子　オレが朝日俳壇に関係するようになったころは九千から一万くらいありましたから、選句が終わるとへとへとにへばったことを覚えています。もう二十年近く前です。

佐佐木　僕は昭和六十三（一九八八）年、四十九歳のときからです。兜太さんはもっと前からですね。飴山実《あめやまみのる》（一九二六〜二〇〇〇）さんが選者になられたのが僕よりちょっと後でした。飴山さんが俳壇の選者になられたとき、大岡信さんを加えて、俳壇の人と一緒に連句をやったことがありました。

金子　ああ、あった。飴山はオレの後からだ。

藤原　年譜によると金子先生は昭和六十一（一九八六）年十二月に「朝日俳壇選者に決まる」とあります。

黒田　二十年はゆうに越えておられますね。そのころ楸邨先生は選者でいらしたのですか。

金子　おられました。そもそも朝日俳壇は虚子に始まっています。虚子単独選でやってきて、ずっとそれを継承するかたちで倅の年尾《としお》（一九〇〇〜七九）、年尾亡き後は汀子というかたちで、ずーっと「ホトトギス」が中心の俳壇なんです。朝日の関係者たちは今でもそれをよく頭に置いているようだ。だから、「ホトトギス」を大事にしているという雰囲気です。それにあとから、楸邨、石田波郷《はきょう》（一九一三〜六九）、草田男、山口誓子《やまぐちせいし》（一九〇一〜九四）がくっついたかたちです。その関係で、はじめからずっと、これは「ホトトギス」の句だという印象だ。花鳥諷詠までいかない感じの客観写生の句が多くて、季語を、オレから言わせればバカみたいに尊重して、大事にしていた俳壇という感じです。だから、中身はあまり大したことない、むしろこれ（選者）は俳人協会の連中に譲ったほうがいいんじゃないかと思ったくらいでした。

佐佐木　短歌は、出発時のことをいうと、明治時代に石川啄木が朝日新聞社の社員だったとき、朝日歌壇を始めたんだそうです。確かめてないんですが、朝日歌壇の最初の選者は石川啄木だと言われています。三選者の共選になったのが昭和三十年代。昭和四十五年から関西・関東統一して、現在のように四選者になったと聞いています。近藤芳美、宮柊二、五島美代子、前川佐美雄。歌壇的なバランスを考えて選者を決めたようですね。

金子　俳壇もそうなったのは歌壇の影響じゃないかしら、恐らくね。

生命《いのち》より重たきあまたあるゆえに運転せり　自動車爆弾という自動車　幸綱

朴咲けり朝から旧き戀歌ばかり　兜太

佐佐木　ええ。

金子　バランスをとるためにね。

佐佐木　投稿してくる人も歌壇的派閥を気にかけないで投稿しているようですね。ただ、一つ感じるのは、朝日歌壇は俳壇と違ってずっと新かなだったこと。もう一つは、戦後から平成のはじめくらいまで、かなり時事的・政治的な歌を採ったことです。反体制的な歌を近藤芳美さんが積極的に採って、これが特色になっていた。ですから、投稿者が意識的に時事的題材に意見を言うような歌がたくさん集まってきたようです。インターネットのブログに朝日歌壇批判のブログがあって、毎回、時事的な歌を取り上げ、それにいちいち文句をつけていた（笑）。そういう意味で、活況、反響がありました。

現在では、馬場あき子さんがわりと時事的な歌を採っているし、僕も意識的に採るようにしていますが、二〇〇六年に近藤さんが亡くなってから急激に減って、今はほとんど反体制の短歌がなくなりました。社民党・共産党が少数なのを見ても分かるように、現在の日本は八割以上の人が体制側指向の状況ですから、それを反映しているんだと思いますけれどね。ほんとうに時事的・

政治的な短歌が少なくなりました。

あと目立つのは、投稿者に男性がふえたこと。今、歌壇は男女半々を越えて男性のほうが多くなったと思います。週によって違いますが、入選作も男のほうが多いようです。

黒田 前は女性が多かったんですか。

佐佐木 ぼくが選者になったころは、圧倒的に女性が多かったですね。

金子 そうか、それはおもしろい。俳句は逆の印象だ。全体でもそうなんですね。昔は、俳句は男社会、短歌は女社会のものだと言われていましたが、ある時期から変わってきた。そうだ、そう言われてみると朝日俳壇は逆になってきています。女性がふえてきた。

佐佐木 歌壇では特に団塊の世代の男性が増えてきた印象です。六十歳前後の人たち。

金子 そうなると、そうだな、短歌のほうがものが言えるから。

佐佐木 団塊の男性たちは何か言いたいことがあるんですよ（笑）。

金子 そうか、それはあるな。分かる。俳句にはその影響はあまり感じません。出てませんな。

佐佐木 短歌は全体的にはそういう感じです。

はまぐりは身を熱くせり　旨酒とはふはふはふの春の夕ぐれ　　幸綱

合歓《ねむ》の花君と別れてうろつくよ　兜太

金子　それはおもしろい指摘だな。
黒田　その彼らは新しい作者なんですか。
佐佐木　その年代は新人が多いですね。六十歳ぐらいになって初めて短歌を作りはじめる。モーレツ社員で趣味なんてなかったんでしょうね。
金子　それに対応して言うと、俳句の場合は女性が何となく増えぎみだ。これはずっと前からそんな感じはあったんですけれどね。俳句はむしろバランスがとれている感じかな。団塊の世代のことはあまり感じない。それから、近藤さんに始まった反体制短歌だが、俳句の場合はもともと「ホトトギス」が中心だから、まず皆無に近い。
黒田　社会詠はないのですね。
金子　なかった。私が探して採るような気分だったですね。私が原爆忌とかああいうテーマに関係した句を意識的に採るものですから、ちょっとは増えましたが、これもまた元へ戻るという感じで、そういう影響はまずないですね。俳句の場合、基調は「ホトトギス」調です。客観写生句がずっとね。ただ、おもしろいことに稲畑汀子自身が変わってきました。変な話だけれど、特に私の影響を感じます。彼女の言い方によれば「変な句でも少しは認めてやる」という姿勢に変わってきている(笑)。これはあの人の歳のせいもあるんでしょうけれど。それから、人間の縁というのはおもしろくて、彼女も羊年《ひつじどし》なんです。私の一回り下の羊。やはり羊だということが、ひとつのある親しみを持つんですね。私と彼女と完全に決別しないできたのはそのことが大きいと思ってます。

佐佐木　朝日歌壇の選者をやっていて思うのは、読者がかなりいるんですね。投稿しないけれどかならず読むという人たちがたくさんいる。

金子　全くそうだ。すごいんだ、ギャラリーの数が。

佐佐木　僕は一九九二年から一年間、オランダに行ってました。オランダでは朝日新聞と日経新聞が購読できるんです。前の日の夕刊と朝刊が一緒になった新聞を届けてきます。夜中に配達するんで、時差の関係で朝刊は日本より早く読めます。ただ値段が高いんです。月額一万数千円する。海外の読者で、短歌欄、俳句欄を楽しみにしている人がとても多いんですね。予想以上でおどろきました。どうしてかというと、記者が書くニュースにならない日本のニュースが読め

人肌の燗とはだれの人肌か　こころに立たす一人あるべし　幸綱

るからです。地方の小さなお祭りとか、蟬が鳴いたとか。ヨーロッパには蟬がいないでしょう。そんな小さな出来事に取材した短歌・俳句が人気なんです。何でもない人生の一コマ、町の、あるいは村の暮らしの一場面、一個人の家の兄弟げんか、朝日歌壇・朝日俳壇にはそんな短歌、俳句が出ていて、それがヨーロッパに住んでいる日本人にはとても楽しみらしい。

金子　そうか、そうか、分かるなあ。なるほど。

佐佐木　あと、投稿者に人気作者が出る。毎週、ファンレターのような投稿歌がくるんですね。歌壇ではアメリカのロサンゼルスの刑務所に終身刑で入っている人。郷隼人《ごうはやと》という人ですが。

金子　その人の作品はよく出ますね。オレも知っているよ。

佐佐木　懲役二百何十年（笑）。二人殺しているから、特赦や恩赦があってもなかなか出られないようです。もう一人は、ホームレスの公田耕一という人です。

金子　ああ、出てきた、出てきた。

佐佐木　こういった作者の愛読者がいっぱいいて、作者と作品に対するファンレターがいっぱい来る。ファンレターの歌を採っている選者もいますが、僕は採らないようにしています。か

ぽしゃぽしゃと尿瓶を洗う地上かな　兜太

っては連合赤軍の坂口弘《さかぐちひろし》（一九四六〜）が投稿していたときにもファンレターがいっぱい来ました。読者は多いようです。

金子　歌壇は反応が早いことは間違いないな。俳句は詩型が短いせいか、反応は鈍い。確かにホームレスの投稿者は俳句でも出てきたことがあるのですが、だれも採らなかったな。採れなかったというか。そのまま消えちゃった。

佐佐木　短歌のほうは、ホームレスの人が半年くらいずっと投稿がつづきました。読むと、塚本邦雄の本を持っていたり、ダリの絵の歌があったり、かなりのインテリらしい。年齢は五十代か六十代でしょうか。

金子　時事問題についての反応が全然違いますね。短歌はすぐ反応します。俳句は遅いんだ。で、私はくやしいから、「俳人というのはじっくりと胸に溜めてから作るんだ。歌人は早漏性があって、すぐ漏らすんだ」と言って歩いているんですけどね（笑）。それは冗談だが、実際のところ俳句は反応が鈍いんだと思う。

佐佐木　反応がいちばんすごかったのは阪神淡路大震災のときです。地震の歌が四週か五週、

愛鷹山にふりいし雨が霧となり十万の霧　ほととぎす鳴く　　幸綱

生きるなり草薙ぎ走る山棟蛇《やまかがし》　兜太

ものすごい勢いで来てましたね。一冊、朝日新聞社の出版部で新書判の本を作りました。

金子　俳句も阪神淡路大震災のときはわりあい早かった。早かったけれどやはりテンポが遅くて、短歌がまとめた後、半年くらいかかったかな。でも、いちおうアンソロジーは出ました。事件は、うんとバカでかいやつ、原爆とか、ああいうものは反応が早いわけです。だけど、普通の事件に対しては鈍いなあ。オレはわりあい興味を持って短歌欄を読んでいるんだが、普通の事件に対する反応なんて、俳句は短歌の三分の一もないんじゃないですか。速度が遅いし、結果的にもあまり作品の量がない。

佐佐木　七七の言葉の量の違いで、俳句は短いから場面、状況が言えない。時事的な問題や事件を作品化しにくいんでしょう。

金子　うん。オレも型式の問題だと思う。七七ってのは違うんです。俳句にはないものだ。

佐佐木　場面が言えますから、たっぷりと。

金子　そう。五七五の下の、あのぶらぶらっとキンタマみたいにぶら下がっている七七が、えらい違う感じがする。

佐佐木　大事なものじゃないですか（笑）。
金子　これを大事だと見るか、ムダものだと見るか。われわれの歳になってくるとあんなものはムダなんだよね（笑）。その辺の見方というものも、ひとつ、話し合ってもおもしろいと思ったくらいです。七七の効果ってやつがあるんです。
黒田　そこで、俳句的人間、短歌的人間ということで、ぶらぶら論をひとつ（笑）。
佐佐木　『俳句的人間 短歌的人間』（二〇〇〇、岩波書店）を坪内稔典《つぼうちねんてん》（一九四四〜）君が書いています。長島茂雄は短歌的な人間で、野村克也は俳句的な人間だと。
金子　オレは野村が大好きだ。あの人には諧謔があるでしょう、ユーモアが。気の利いたことを言っている。そのくせ、妙に野暮で。彼が俳句的人間とはなるほどねえ。それで好きになったのか。
佐佐木　長島は自己陶酔型なんですよ（笑）。俳句はもうちょっと醒めている。
金子　そうか。坪内氏もうまいことを言う。そいつは事実だ。

絶頂できらりひかりて追羽根はむかしの空の青を落ちくる　幸綱

今日までジュゴン明日は虎ふぐのわれか　兜太

■「災害もご縁」の俳人——市堀玉宗《いちぼりぎょくしゅう》

黒田　最後の話題です。現代の歌人と俳人からお一人ずつ、ユニークな作家を挙げてください。読者にとって、こんな作家もいるのだと学びたくなる俳人と歌人を。有名無名を問いません。

金子　そう言われて、今、出てくるのは市堀玉宗《いちぼりぎょくしゅう》だな。曹洞宗の坊さんです。能登の輪島にいます。能登半島地震（二〇〇七年三月二十五日）でやられた總持寺の門前です。總持寺の子寺というのかな。興禅寺《こうぜんじ》。それを地震から二年間で完全に復興しました。彼の自選作品二十句をごらん下さい。

忘れずに思ひ出せずにあたたかし
生きてゆく涙鹹きも花のころ
腸の句をまた吐くか鳥雲に

押し入れに菜の花時を忍び泣き
芋植うる如くに母を葬れり
衣更へて風を探しにゆくところ
ふるさとを遠く離れてゐる素足
暁の夢のつづきや不如帰
白雲の行方も知れず涼しさよ
舞い降りて来たるしづけさ花菖蒲
龍淵に潜む火宅に灯を点し
天の川仰ぎ仰いで人を恕す
行き処なきものの如くに曼珠沙華
お螻蛄鳴く躓きやすきわたくしに
つくづく法師むかし家族のありにけり
今の世に銭乞ひ歩くしぐれかな

君の〈われ〉に私の〈われ〉を重ねつつ待っていたんだ百年の船　幸綱

掌に山河あり雪降りしきる
引つ被る蒲団の中のむかしかな
綿虫の力の限り虚ろなり
帰れない月日のごとく雪嶺あり

正確に彼のプロフィールも記しておきます。
　昭和三十（一九五五）年、北海道函館市生まれ。
　僧歴　昭和五十六（一九八一）年板橋興宗について出家得度。瑞応寺、大乗寺、總持寺祖院など各専門僧堂にて修行。平成二（一九九〇）年より平成十五（二〇〇三）年まで曹洞宗大本山總持寺祖院に役寮として勤める。平成三（一九九一）年興禅寺に晋山、住職となる。能登半島地震に被災し興禅寺全壊。再建に向けて各地を勧進。再建を果たす。
　俳歴　平成三（一九九一）年「あらうみ」「ホトトギス」入会。平成四（一九九二）年、沢木欣一主宰「風」入会。その後「風」「万象」同人を経て現在「栴檀」「琉」同人。俳人協会会員。「栴檀」課題句選者、句集『雪安居』『面目』
　受賞歴　平成七（一九九五）年、第四十一回角川俳句賞。平成九（一九九七）年、風賞。平成十年、句集『雪安居』にて中新田俳句大賞、泉鏡花記念金沢市民文学賞。平成十六（二〇〇四）年、雪華文学賞。

黒田　古いお寺だったし、老朽化していたので、能登地震で文字通り木っ端微塵にお寺が潰れたわけです。ご本人と奥さんは無事でした。

金子　復興には曹洞宗の支援が大きかったようですね。それと、俳人だから地元の俳人たちからのカンパ。地震後、彼は能登半島をぐるりと二度、托鉢して歩いたんです。

黒田　能登半島をくまなく車で回り、停まったところで旗を立てて、そこで勧進したそうです。

金子　本人はああいうのは大したカネは集まらないんだと言ってましたけれど、大きいと思います。それがワン・クッションで俳人がまたさらに出すということがあり得ますからね。私なんかもそれを聞いて、また出しましたから。彼は「ホトトギス」にもいましたから、稲畑も寄付したと言ってましたよ。

黒田　彼には広く勧進するのに使う名簿というと俳人の名簿しかないわけですよ。だから、私たちにもカンパの訴えが来ました。私は母が「風」の会員で、ご縁がありましたから、カンパしましたけれど。

金子　中新田賞は宗左近《そうさこん》（詩人、一九一九〜二〇〇六）、那珂太郎（詩人、一九二二〜）、三浦雅士（評論家、一九四六〜）、高橋順子（詩人、一九四四〜）といった人と私たち俳人が選者でしたから、大したものです。

黒田　ご縁があって、金子さんが彼の得度に立ち会われたとか。

金子　うん。その辺のことをちょっと簡単に言っておくと市堀という俳人の特徴が出ると思います。この人は函館の男でして、お役人の仕事をしていたんです。それが二十代後半のとき、ふっと飛び出した。そして、放浪状態で熊谷まで来ました。私が熊谷に住み始めたころですが、私の家の隣に長距離ドライバーの夫婦がいまして、その奥さんが市堀の姉さんだったのです。彼はそこへ飛び込んできたのです。私が隣に住んでいるというのを姉さんから聞いていたのでというようなことをちょっと言っておりますが、どうもそれはお世辞だと思っています。姉さんの家に飛び込んでから、偶然、私の存在を知ったということだと思います。

その姉さんという方が、おやじがドライバーの仕事で出ているときは私の家に来て、いろいろと手伝ってくれていたのです。私の女房と親しかった。そのうちにわが家には息子の嫁さんが来ましたから、嫁さんとも親しくなった。そういう関係になって、すぐその市堀も私の家と接触するようになった。そして、私のことが分かってきた。

そうするうちに、彼もいろいろ考えたんだと思いますが、自分はどうも坊さんになるしかないような男だと、こういうようなことを私に言いましてね。そのとき、俳句を作るってことは言ってなかったのですが、ひそかに作っていたらしい。とにかく、しかし、何か仕事を持たなきゃしようがないということになった。役人の仕事なんかはまったくダメだ、合わない、坊さんの仕事がいいと言う。それじゃあというのでこっちも真面目に考えて、いろいろと話し合いながら、彼のことを考えていたのです。

私の菩提寺が臨済のお寺で、長瀞町野上にあります。私は生家から離れましたので、実家のある皆野とは別のところに自分の菩提寺を作ったわけだ。それが女房の実家のそばの、女房の家の菩提寺です。それを一部、お借りしたということかな。そんなことがありまして、秩父の中の臨済のお寺の関係は多少分かってます。そうしているうちに、札所の野坂寺《のさか》、ここのお坊さんは立派な人で、そのことは私も聞いておりましたが、そこで得度したらどうかという話が出てきて、彼を得度させたんです。私が立ち会い人です。

ところが、得度してほんの一か月も経たんくらいで彼は夜逃げをした。私もちょっと不愉快に思って、野坂寺に行って坊さんに聞いたら、「うちの女房に懸想した」と笑いながら言う。奥さんはたいへんな美人だ。野坂寺の坊さんもあまりはっきり言わなかったが、市堀が惚れちゃったんだな。何かトラブルが起こってはまずい。自分は若いし何をするか分からん。閨《ねや》に踏み込むくらいのことはやりかねないという心配があった。彼自身も女性関係があった、モテる男ですからね。それで心配して夜逃げしたと。

これはあとで彼が私に言ってましたけど、「夜逃げというのは夜に逃げたらダメだ。夜明け時に逃げると仕事で出掛けるんだろうと思って、みんなそのまま見過ごす。だから、夜逃げは朝がいいですよ」なんて言うから、「このバカヤローッ。得度したばかりで、そこから夜逃げしておいて、何言ってやがる」と叱ったんですけどね。

それで行方不明になっていた。その間、北陸の富山、石川、能登、あの辺をずーっとさまよって、お寺を巡っていたようですが、どこでも落ち着かなかった。それでいたところが、後に能登半島地震でやられることになるお寺へ辿りついて、住職に見込まれて、住職の娘さんと結婚した。これも恋愛だとか言われていますが、それもあてにならん。オレがからかって、「おめえ、お寺の娘さんに惚れられて、そこに落ち着いたって話じゃないか」と言ったら、「あのころはお坊さん不足で、むしろ若い後継者を探していたんです。そこへ私が行ったから」なんて、謙遜してました。とにかくモテることは事実だな、美男子だから。

そうこうしているうちに、土地の人に奨められて俳句をやるようになって、第一句集『雪安居』(一九九七、ふらんす堂)が出て、その力で賞を三つとったわけですが、その句集の帯を書けと私に言ってきたのです。そのとき私は初めて彼が能登で健在だということが分かった。それまで二十年近く、彼の消息は全く分からなかった。これまた私は「何やってやがった」ということで大いに叱ってね。でも、縁があるから書こうというので、その句集の帯を書いた。放浪のことをそのまま書いたんです。夜逃げのことも、ろくでもねえことをやって夜逃げをしたということにして書いたんですけどね。その帯が、自慢じゃないけれど、ありのままに彼のことを書いたものですから、評判がよかったです。

佐佐木　第一句集は何歳くらいで出したんですか。

金子　四十歳くらいでしょうか。

佐佐木　お宅の隣にいたころは二十歳代ですか。

金子　二十歳代の後半です。だから、十数年、音信不通だった。今は五十三歳です。いやあ、立派になりましたね。話は飛躍しますけど。信じられんほど立派な坊さんになった。

黒田　この間、金子さんがＮＨＫ学園の能登大会に行かれて、「水脈《みお》の果て」という題で、トラック島から生還してこられたころのことを講演なさったんですけれど、そこに市堀さんも選者で来て居られたんです。あまりにも立派な、輝くようなお坊さんになっていたので、びっくりしました。もともと美男子でしたが、勧進で日焼けして、文字どおり、高僧のお顔なんですよ。彼が選んだ句の選評とか、そういうのがまた実に立派なんです。選者のひとりの私も圧倒されましたね。

金子　あの変貌ぶりには驚きました。あのときの話の中では「地震も自分にとっては縁だ」と言うんだ。これがうれしいですよね。

黒田　災害が自分を立て直したと。文字どおり、木っ端微塵になったお寺を二年間で見事に復興したのですから。

金子　新しく寺をつくると妙に派手な感じになる場合が多いでしょう。それが全然ないんです。あんなさっぱりした、気持ちのよい寺は珍しい。
黒田　青畳で、お手洗いも水洗。清潔でシンプルな、いいお寺。
金子　彼の人柄だと思うし、俳句をやったおかげで、すべてを簡潔にするということを心得ています。
黒田　金子さんに、お寺に建てるので「俳句供養塔」という字を書いてもらいたいと言ってこられた。金子さんはすごくデカい字で書いてあげたんです。それを石に彫って、本当は十月三日に落慶法要なんだけれど、八月十八日に私たちがＮＨＫの俳句大会で能登へ行ったとき、金子さんが輪島まで来られることはめったにないですから、先に除幕をしようということで、金子さんはそこまでタクシーを飛ばして、行ってあげた。片道一時間半、往復三時間もかかったのよ。帰りの列車の関係でお寺には三十分しかいられなかったのに。本人とはその前日に大会で会っていましたから、立派になられたことは分かっていたけれど、ともかくお寺がすがすがしくてね。
佐佐木　海際ですか。
黒田　そんなに海際でもない。今は神奈川県横浜市鶴見の總持寺が総本山になっているけれど、昔の本山の總持寺の門前です。
金子　彼が境内になんで俳句供養塔をつくったかというと、私が推測するに二つある。一つは、彼が今度の被災で救われたのは地元の俳人の力もかなり大きいと思います。慌ただしい除幕式の折は俳人たちがたくさん来てました。私が昔、「風」の全国俳句大会で二度、特選に採ったことのある千田一路《せんだいちろ》という俳人がいるんです。妙に覚えているんです。その男性も来てましたし、そのお弟子さんのような人々もたくさん来ていまして、それがみんな玉宗をバックアップしているんです。うんと檀家の少ないお寺ですからね。俳句の衆の力は大きかった。そのこともあったりして、俳句供養塔をつくって、自坊を俳句供養の場にしたと思います。

それで、これもえらいんですが、「風」の連中の関係が強かったということもあるんでしょうけれど、主宰だった沢木欣一の句を境内に句碑にしてあるんです。そういうこともちゃんと心得ているんだ。

彼の句もいいんです。行ってみて、すべてが立派。人間、こんなに変わるってのに驚きました。

黒田　金子さんが除幕の綱を引かれ、彼が皆さんに「ご焼香してください」と言いながら、ひとりで「般若心経」を上げ続けたんです。巡礼で私もいろいろなお寺に行ってますから、ずいぶんいろいろなお坊さんの「般若心経」を聴聞しているんですけど、玉宗さん、あまりにも立派なお声で、朗々として、格調が高い。あれほど心に沁みる「般若心経」は私聞いたことがない。涙が出るほどありがたい「般若心経」でした。

金子　それまで私は彼を「ぎょくそう」と呼んでいたんです。それで、今度もそう言って、彼を見たら、黒杏さんの言うように、日焼けしていて実に立派なんですよ。これはもう、「ぎょくそう」と呼び捨てにはできないと思って、思わず「ぎょくしゅうさん」なんてオレが言っているんだ（笑）。

黒田　私は「玉宗先生」って呼びました（笑）。金子さんは「先生とまではオレは言わない」と言われましたけど。人間、こんなに生まれ変われるのかって、感動しました。

金子　人間にとって修行というのはたいへんなことなんだなあ。放浪の青年があんなに立派になった。彼は地震が縁だと言うんだなあ。あんなに人間、変わるものか。しかも、その背景に「俳句の力」があるということが言いたいわけですよ、私は。

黒田　市堀さんが「災害もご縁、人生の宝に」という短文で書いているのですが、「再建にあたりましては少ない檀家もまた罹災者であり、少子高齢化が進む過疎地の困難があって、このような状況下、各地を托鉢し、仏縁ある皆様のお力添えをお願い申し上げるしだいです」と。東京でもそうですが、地方は本当に少子高齢化で、老人しかいないんです。檀家が少ない。檀家の人自身も罹災されているんですから、お金なんか出せない。でも、勧進ということによって一つのお寺が見事に復興できたことを目のあたりにして……。

佐佐木　自分のところで畑を作ったりしないとね。檀家からのお金だけでは生活はしていけないでしょう。お坊さんはよく、学校の先生になったりしますが。

黒田　しかし、ともかく彼は金子さんとのご縁を得なかったら、つまり、北海道から熊谷まで流れて来なかったら、お坊さんにもなれなかった。

金子　それは多少自慢だな。得度が出来なかった。坊さんになる手掛かりがまったくなかったんだから。

黒田　「海程」の会員ではないのに彼のために金子さんが句集の帯を書いてあげたり、「俳句供養塔」の大きな文字を書いてあげたり。

金子　十何年も無沙汰にして、突然、「書け」と言ってくる、その心臓の強さというか、無邪気さというか。そういうところがあるんだ。並の人間じゃないね。

黒田　あの俳句大会には何人もの俳人が各地から選者として行ってたんですよ。でも、彼の発言が断然光ってました。若くても彼は人生を背負ってますからね。重みもあるし。若いし、ハンサムだし。句にも迫力があるし。田舎のおじいさんとかおばあさんの気持ちに沁みるような選評を述べ、書いていて。玉宗さんは光り輝いていました。それですっかり金子さんと「玉宗は偉い、玉宗は偉い」って言い続けて、トンボ返りで行ってきました。

講演もされた大会の翌朝、早く起きて輪島まで行かれるということは、金子さんにはたいへんなことだったのです。

金子　昔のことがあるし、地震があったから行ったんだがね。そうしたら、驚いたなあ。

黒田　お寺に集まっておられた、おじいさん、おばあさんたちは、金子さんのことをテレビで見ているでしょう。夢のように思われたらしくて、次々に金子さんの後ろに背後霊みたいにみんな立たれて、写真を撮ったり。すばらしかったですね。

金子　すばらしかった。忘れられんな。あの体験は。

黒田　「列車の中でお弁当を食べてください」って、大きな重たい立派なお弁当をくれちゃって。よっぽど金子さんがお寺までいらしてくださったのがうれしかった。玉宗さんは。

佐佐木　いろいろな賞をとって何年くらいですか。

金子　十四、五年経ってますか。そののちに地震があった。年寄りのお坊さんはたくさんいるわけだが、若い坊主であんな立派なやつがいるというのがうれしいんです。俳人としてもわりあいに複雑な人生ですし。

黒田　お坊さんになられて、被災されなかったら、あれほど人間も変わらないし。全く人生、分からないんですね。

金子　そうだよ。スケベエ坊主で終わったかもしれんねえ（笑）。

黒田　新聞記事の写真で分かるとおり、木っ端微塵に潰れたお寺、これが興禅寺です。

佐佐木　ああ、屋根が畳みたいにペチャンコだ。

黒田　それを彼がものの見事に二年間で復興させた。夫婦二人が瓦礫の中から文字どおり立ち上がったという感じ。金子さんが市堀さんの得度に立ち会われたということはかなりお金を払うらしいんです。親代わりということで。ですから、この朝彼は金子先生が自坊に来てくださったというだけで泣いていらした。

金子　俳句の世界にはそういう俳人がいるということです。

黒田　興禅寺を去るときは九月十九日でしたが、「今度の二十三日で金子先生は満九十ですよ」と私が叫びました。みんな、うわーっと拍手されたんです。だって、そこにいた方々は七十代、八十代でも杖をついたりもされているんです。金子さんはひとりでどんどん境内を歩き回って、誰とでも写真を撮られたりなさっていたので、九十歳だなんて誰も思わない。その言葉はみんなを励ましたようです。この日、私たちをお寺に案内してくれたNHK学園の栗田博行さんが「あんた、いいことを言った」と。

藤原　金子先生は怪物ですね。

黒田　怪物というより、「生きもの」として世界遺産という感じ（笑）。

■長崎の被爆歌人――竹山《たけやま》 広《ひろし》

佐佐木　短歌のほうも一人紹介させてもらいます。竹山広さんという長崎在住の歌人で、現在、八十九歳です。私と同じく「心の花」の古くからの会員です。一九二〇年生まれですから、金子さんより一つ下です。

なぜこの歌人を取り上げたかということですが、竹山さんは長崎で被爆をされました。原爆にかかわる歌をずっとうたいつづけてきた歌人ですが、短歌史でいちばん重要な作品を残されたと僕は思っています。広島で被爆した峠三吉《とうげさんきち》(詩人、一九一七〜五三)の詩集『夏の花』、同じく広島で被爆した正田篠枝《しょうだしのえ》(一九一〇〜六五)の歌集『さんげ』、井伏鱒二《いぶせますじ》(小説家、一八九八〜一九九三)の『黒い雨』、林京子《はやしきょうこ》(小説家、一九三〇〜)の『ギヤマンビードロ』など原爆の文学がありますが、竹山広『とこしへの川』以下の歌集は、そのどれにもひけをとりません。短歌では第一番です。

竹山さんは長崎の爆心地から一四〇〇メートルのところで被爆されました。偶然、被爆時に病院に入院していました。その日、退院することになっていたそうです。厚いコンクリートの建物の中にいたので、奇跡的に腕や脇腹など数カ所に傷を負っただけでたすかりました。病院は倒壊はまぬがれたけれど、夕方までに全焼したそうです。家族の方が亡くなられたり、ご自分も白血病になられたり、戦後はたいへんな思いをされたようです。お兄さんが被爆直後に亡くなられました。町中、遺体がいっぱいある中を探して回り、やっと見つけたものの重傷で翌日、亡くなられました。お兄さんを看取った歌を後に発表されました。

黒田　二次被爆されたんですね。

佐佐木　子供が四人できますが、一人は小さくて亡くなります。子供たちもみんな原爆手帳を持っているそうです。

竹山さんは若いころ、一九四一年から「心の花」に入っておられましたが、しばらくやめていて、一九五〇年代の終わりころ、「心の花」に復帰されました。被爆体験が強烈で短歌には十年間、作品化できなかったようです。また、経済的にたいへんで短歌どころではないといった事情もありました。

最初の歌集『とこしへの川』を出したのがずいぶん遅くて、一九八一年、六十一歳のときです。これに被爆直後の歌もあります。僕が序文を書いています。最初は歌壇でもあまり話題にならなかったのですが、だんだん読者が増え、二〇〇二年、八十三歳のとき、斎藤茂吉短歌文学賞、詩歌文学館賞、沼空賞という三つの賞を受賞されました。三つとも、歌壇では大きな賞です。現在の歌壇は青田刈り社会で、若い時代に賞をもらったりスポットが当たる人が多いのですが、竹山さんはそうではなくて、八十を過ぎてつぎつぎとスポットライトが当たるかたちになりました。今、非常に人気のある歌人の一人です。

黒田　私もずっとファンです。

佐佐木　今、八十九歳ですけれど、去年、出された歌集『空の空』もたいへん売れたようです。現在でも竹山広の短歌が雑誌に発表されると、批評がたくさん出ます。

金子　その歌集は「そらのそら」と読むんですか。

佐佐木　そうだと思います。クリスチャンです。バイブルと関係のあるタイトルのようですね。
黒田　お仕事は印刷屋さんだとか。
佐佐木　若いころはずいぶん苦労されたようです。戦後、養鶏がはやった時期があって、養鶏をやって失敗し、それからは町の印刷屋さんをやっておられたようですね。印刷屋といっても、名刺を刷ったり、市内のチラシ広告を作ったり、そういう小さな、一人でやっているような印刷屋さんです。コピー機のない時代は需要はあったのでしょうが、経済的にも苦労されたようです。
大事な歌とは例えばこういうのです。

人に語ることならねども混葬の火中にひらきゆきしてのひら

被爆直後、長崎市内には死体がいっぱいあるので、それを積み上げて、ガソリンをかけて燃したのです。そのとき、炎の中で手を開いていく死体があったのを自分は見たという歌です。作中の動きがリアルですね。これは第一歌集『とこしへの川』の中の作です。被爆直後に取材した歌をもう少し引用してみます。

死の前の水わが手より飲みしこと飲ましめしことひとつかがやく

死肉にほふ兄のかたへを立ちくれば生きてくるしむものに朝明く
死屍いくつうち起こし見て瓦礫より立つ陽炎に入りてゆきたり
積みあげし死体に移りゆかむ火をふたところより人はつけしか
くろぐろと水満ち水のうち合へる死者満ちてわがとこしへの川

こういう作もあります。

居合はせし居合はせざりしことつひに天運にして居合はせし人よ

これは歌集『千日千夜』の作で、阪神淡路大地震の歌です。地震で亡くなった人への追悼のうたですが、そこにたまたま居たか居なかったかは天運だったとうたっています。

金子　うーん、原爆のときと同じようなことですね。

佐佐木　ええ。ご自身の被爆体験が踏まえられた深い歌です。震災のときのこういう歌もあります。

豊中の子を呼ぶ電話いづかたに通じしや妻のおろおろと詫ぶ

炎去りゆきし瓦礫を人掘れりいのち得てすることのはじめに

ユーモアの歌もたくさんあります。ややにがいユーモアですが、竹山短歌の一つの特色にもなっています。

台風にも三歩進んで二歩さがる小心者がゐて困惑す　（『千日千夜』）

ヨン様がゐぬチャンネルに切り替ふる心のせまき老人われは　（『空の空』）

子どもらを頼るものかと言ひゆきし人も素面《しらふ》になりゐるならむ

こらへ性なき若者に来む老を愉しみてながき沈黙をせり　（『射禱』）

死ぬに死ねぬなどと大袈裟にいふ人に送られてよき月下に出でつ　（同）

竹山広の歌の基本的な凄さは、本当のことをうたっちゃう凄さだと思います。本当のことはなかなかうたいにくい。こういう歌があります。

天皇は人にし在せば老い給ひあるひは死をも怖れたまはむ　（『とこしへの川』）

かすかなる脈の数など朝聞きゆふべに聞きて秋暮れむとす　（『残響』）

小野田少尉救出のまへに殺されし小塚一等兵の骨は還りしや
平和より景気をといふ声のなきあやしくきよき人らに疲る
(『千日千夜』)

『竹山広全歌集』(二〇〇一、ながらみ書房)も出ていますから、多くの方に読んでいただけると嬉しいですね。(竹山広は対談後の二〇一〇年三月三十日逝去)

■短歌・俳句の底力

金子 竹山さんのは天災ではないな、人災だ。しかし、見事な作品だなあ。打たれる。

黒田 市堀さん、竹山さんのような俳人、歌人が日本におられるということ。

金子 そうだ。それと感じますのは、片方は人災、片方は天災に遭っている。両方ともたいへんに苦労されたということです。それの媒体というか、きっかけというか、それは短歌と俳句です。日本人の中に沁み込んでいる短歌、俳句の力は、そういう点でも一つ、顕彰されますね。だって、それがなかったらこんなに広がらない。われわれの口に上らない。

佐佐木 短歌や俳句が生きる力になっている部分もあるわけですね。

金子 あるんです。これは大きいと思うなあ。日本人にはまだ、短歌、俳句というと「短い」

という意味で、ある程度、下に見るところがどこかあるんじゃないか。だけど、そんなものじゃないということがお二人の存在と作品を知るだけでも分かりますね。私はやはり、この短歌・俳句両方の詩型は命になっていると思う。日本人の血になっているというか、そう思いますね。歴史は古いわけですし。今の二人をわれわれが挙げられるということで、短詩型の無限の力というものを感じました。

佐佐木　この二人はいわゆる俳句のプロになろうとか短歌でもうけようと思って作ってきたわけじゃない。

金子　そう、全然ないんだ。

黒田　ご縁を得た地域の方たちと句会をなさっている。たまたま金子さんにお供して私も結社とか協会といった結界、流派を越えて、一人の句友ということで伺ったんですけれど、あの朝、興禅寺には過疎地にしては人が集まってきてたんです。どこから来られたかと思うくらい、大勢の方々が私たちを待って下さってました。あんなチャンスがなければ、私も金子さんのまごころに接することが出来ないままでした。

金子　あの体験はよかったね。あの日、オレは俳句の力をしみじみ感じたな。

佐佐木　こういう人が、地道に短歌や俳句を作って朝日歌壇や俳壇に投稿している人の中にいるわけですね。短詩型の底力を感じます。

金子　底力ね。短詩型の根強さです。国民文芸なんだ。だから、短歌や俳句、短詩型を軽視、無視する出版社は潰れるぞ。藤原書店は大丈夫だ（笑）。

（日時・二〇〇九年九月二十九日、三十日
於・埼玉県秩父郡長瀞町　長生館）

夢のような二日——おわりに

佐佐木幸綱

対談は、二日にわたって、初秋の秩父・長瀞の清流を広く見わたす旅館・長生館二階の一室でおこなわれました。

長瀞は兜太さんのご生家からほど近い。いわば兜太テリトリーです。しかも長生館の玄関ロビーには、大きな額に入って、金子兜太の堂々たる字で書かれた「猪がきて空気を食べる春の峠」の句が掛けられていました。

緊張して出かけて行ったのですが、なんだか兜太さんのお宅にうかがったようなくつろいだ気分になりました。そして、もう半世紀近く昔のことをふと思い出したりしました。

兜太さんの雑誌「海程」が創刊されて間もなくのころ、雑誌用の座談会にゲストとして呼んでいただいたことがありました。「海程」の若手俳人三人といっしょに話そうという企画です。会場は金子兜太邸。杉並にお宅があったころだと思います。その日、座談会のテーブルに、当時は貴重品だったジョニーウォーカーの黒を出してくださった。あまり飲んだことがなかったせいもあって、座談会が終わるまでの二、三時間に私がそれを一本飲んでしまったらしい。飲みはじめてしばらくは憶えているのですが、途中からはまったく記憶がない。後で恥ずかしい思いをしました。

そんな昔のことが思い出されました。あのころ、兜太さんはまだ四十代でいらっしゃった。私は二十代でした。それが今、九十代と七十代になって対談させていただく。大げさではなく、夢のような感じでした。

対談の席には、黒田杏子さんが同席してくれました。ここ何年か、黒田さんとは折にふれてよくいっしょの仕事をさせてもらってきました。同年生まれということもあって、機会も多かったのだと思います。黒田さんが選者のテレビ俳句番組に出させてもらったこともあります。

本では、黒田さんが構成を担当してくれました。彼女の構想力、構成力はたいへんなもので、すっかり信用しておまかせの気分でしゃべらせてもらいました。

ありがとうございました——あとがきにかえて

黒田杏子

二〇〇九年一月三十一日（土）。古稀を迎えられる幸綱先生の「早稲田大学最終講義」を聴講させて頂きました。九月二十三日（水・秋分の日）。兜太先生産土の地、埼玉県秩父郡皆野町で句碑除幕ほか、先生の卒寿を祝う集いが盛大に開催され、参上いたしました。

その昔、日銀を金庫番として五十五歳で定年退職されたのち、兜太先生が朝日カルチャーセンターで「一茶」ほか漂泊系の俳人をとり上げる講座をもたれました。午前の休暇を職場に申請しては、新宿の教室にかけつけておりました。何冊もの大学ノートに万年筆でびっしりと書きこまれた克明な一茶研究の跡。鳥肌が立つような時間でした。

そののち、私が十三人の俳人に聴き手をつとめました『証言　昭和の俳句』（角川書店）にも、代表格でご登場下さいましたが、まず雑誌「俳句」にその内容が掲載されるや、「オレたちの戦後の行動と仕事を、消さないで、きちんと残してくれてありがとう」とサインペンで大書された葉書を頂きました。さらに、『金子兜太養生訓』（白水社）をまとめる際、「オレを支えてくれているのは、非業の死者の島から生きて還ってきていること。戦後に復職した職場と、見事に保守がえりをした俳壇での冷飯。この二つだということを覚えておいてもらうといいかな」と。

幸綱先生の作品や著作には可能な限り、ずっと眼を通してきました。ある日、先生から鶴見和子対話まんだら・佐佐木幸綱の巻『「われ」の発見』（藤原書店）が送られてきました。その晩読了した私は、はさみこまれていた読者カードに感想を書きこみ投函。わずか百字にも満たないその言葉が版元の藤原書店の『機』（月刊PR誌）に掲載されたことから、鶴見和子さんとの思いがけぬ交流がはじまりました。私はケアハウス「京都ゆうゆうの里」の彼女の居室に何度も招かれ、亡くなられるまでの数年間、またとない交流がとぎれることなく続き、さまざまな教えを享けました。信じられない事実ですが、幸綱先生からのこの対話集のご恵投がもたらしてくださったご縁でした。

七月三十一日。私たちは米寿を機にこの世を発たれた彼女のお命日を、鶴見俊輔先生のご承認を頂いて「山百合忌」と名付けました。毎年東京駿河台の山の上ホテルに於て、「鶴見和子を語る夕べ」を全国から集まられるさまざまな分野の皆さまと続けております。

このたびは、長い年月にわたり、ご教導を賜り、さまざまな場でお励ましとご恩を頂きました、この国を代表される俳人と歌人、おふたりの語り合われるその場に同席させて頂くことの出来ました時間とご縁に感謝を捧げます。

テープおこしとその後の編集に協力してくださった吉田ひとみさんにも感謝いたします。

金子兜太（かねこ・とうた）

一九一九年生まれ。俳人の父、金子伊昔紅の影響で早くから俳句に親しむ。二七年、旧制水戸高校に入学し、十九歳のとき、高校の先輩、出沢珊太郎の影響で作句を開始、竹下しづの女の「成層圏」に参加。加藤楸邨、中村草田男に私淑。加藤楸邨に師事。東京帝大経済学部卒業後、日本銀行に入行するが応召し出征。トラック島で終戦を迎え、米軍捕虜になったのち四六年帰国。四七年、日銀復職。五五年の戦後第一句集『少年』で翌年、現代俳句協会賞受賞。関西同世代俳人と交わるうち、その活気のなかで俳句専念に踏切る。六二年に同人誌「海程」を創刊し、後に主宰となる。七四年日銀退職。八三年、現代俳句協会会長（二〇〇〇年より名誉会長）。八六年より朝日俳壇選者。八八年紫綬褒章受章。九七年NHK放送文化賞、二〇〇三年日本芸術院賞。二〇〇五年チカダ賞（スウェーデン）を受賞。日本芸術院会員。

著書に、句集『蜿蜿』（三青社）『皆之』『両神』（日本詩歌文学館賞。以上、立風書房）『東国抄』（蛇笏賞。花神社）『日常』（ふらんす堂）のほか、『金子兜太選集』四巻（筑摩書房）がある。

by Ichige Minoru

佐佐木幸綱（ささき・ゆきつな）

一九三八年、東京生まれ。歌人、日本文学者。専攻は万葉集、近代短歌。早稲田大学名誉教授。歌人・佐佐木信綱は祖父。早稲田大学大学院国文科修士課程修了。跡見学園女子大学教授、早稲田大学教授を歴任。七四年より「心の花」編集長。八八年より朝日歌壇選者。〇八年より現代歌人協会理事長。日本芸術院会員。

一九七一年、歌集『群黎』で第十五回現代歌人協会賞受賞。その他の歌集に『直立せよ一行の詩』『夏の鏡』『火を運ぶ』（以上青土社）『反歌』（短歌新聞社）『金色の獅子』（雁書館、第五回詩歌文学館賞）『瀧の時間』（第二八回迢空賞）『旅人』（第二回若山牧水賞、以上ながらみ書房）『アニマ』（河出書房新社）『呑牛』（本阿弥書店、斎藤茂吉短歌文学賞）『逆旅』（河出書房新社、芸術選奨文部大臣賞）他多数。評論集に『萬葉へ』（青土社）『底より歌え』（小沢書店）『柿本人麻呂ノート』（青土社）『作歌の現場』（角川書店）『東歌』（筑摩書房）他多数。著作集として『佐佐木幸綱の世界』（全十六巻、河出書房新社）がある。

黒田杏子（くろだ・ももこ）

一九三八年生。俳人。東京女子大学入学と同時に俳句研究会「白塔会」に入り山口青邨の指導を受け「夏草」に入会、卒業と同時に広告代理店「博報堂」に入社。六七年青邨に再入門。九〇年、師没後「藍生」を創刊、主宰。『黒田杏子句集成』全四句集・別巻一（角川書店）。日経俳壇選者。

語《かた》る　俳句《はいく》　短歌《たんか》

2010年6月30日　初版第1刷発行 ©

著　者　金　子　兜　太
　　　　佐佐木幸綱

発行者　藤　原　良　雄

発行所　藤　原　書　店

〒162-0041　東京都新宿区早稲田鶴巻町523
電　話　03（5272）0301
ＦＡＸ　03（5272）0450
振　替　00160 - 4 - 17013
info@fujiwara-shoten.co.jp

印刷・製本　中央精版印刷

Printed in Japan
ISBN978-4-89434-746-5